追放王子の英雄紋！ 1

～追い出された元第六王子は、実は史上最強の英雄でした～

A L P H A　L I G H T

雪華慧太
Yukihana Keita

アルファライト文庫

登場人物紹介
フレア
レオンと契約する
炎の高位精霊。
シルフィ
レオンと契約《けいやく》する
風の高位精霊。
レオン
四英雄と呼ばれた獅子王《ししおう》ジークの記
憶を持つ、元王子の冒険者。
自分と同じく転生しているかもしれ
ない四英雄の仲間を探《さが》す。

ティアナ
ハーフエルフのシスター。
教会で孤児《こじ》を育てている。
ミネルバ
大国アルファリシアの公爵令嬢《こうしゃくれいじょう》
で、銀竜騎士団の団長を務《つと》める。
ロザミア
翼人族の元聖騎士。とある
魔族に操《あやつ》られていたが……

1　プロローグ

「……父さん、やっぱり死んだんだな」

俺、レオンは思わずそう呟《つぶや》いた。

目の前の棺《ひつぎ》の中には、俺の父親が静かに横たわっている。

大陸でも辺境《へんきょう》の小国バルファレスト、その英雄と呼ばれた王が、アレキファウス三世だ。

父である彼が崩御《ほうぎょ》したのは、つい昨日のこと。

この国が大国に囲まれながらも今日まで生き延《の》びてこられたのは、目の前に眠《ねむ》る男の力が大きい。

葬儀《そうぎ》が終わり、父の遺体《いたい》が安置された聖堂にいるのは俺だけだ。

どうやら他の連中は、この国の英雄の死をいたむよりも、他にやることがあるようだ。

その時、王宮の衛兵たちが俺を呼びに来た。

「レオン様、ご同行を」

「ああ、今行く」

こいつらはレオン『様』などと呼んできたが、俺を見つめるその目は嘲《あざけ》りに満ちている。

俺は第六王子ではあるが、この先の運命を考えれば、それも当然だろう。

この国で俺の味方と言えば、ここに眠る父親以外はいなかったのだから。

俺は兵士たちに連《つ》れられ王宮へと向かう。

国王の間に入ると、父が死んだ翌日だというにもかかわらず、一人の男が玉座《ぎょくざ》にどっかりと腰を下ろして俺を見下《みお》ろしていた。

その顔に浮かぶ笑《え》みは傲慢《ごうまん》そのものだ。

「レオン、よく来たな。まずは新王たるこの俺にひざまずけ」

「分かりました、兄上」

俺は彼の言葉通り、ひざまずいて一礼する。

玉座に座っているのは、俺の一番年上の兄であるミハエルだ。

「くくく、レオン。卑《いや》しい女の産んだ子であるお前が、大きな顔をしていられたのも父上がいたからというもの。だが、俺が王になったからにはそうはいかん。貴様のような薄汚《うすぎたな》い血を引く役立たずは、この国には必要ない！　今すぐ出ていけ‼」

そう言ってミハエルは笑った。

するとその言葉を聞いて、玉座の近くに立っていた他の四人の兄たちが一斉にはやしたてる。

「そうだ、出ていけ！」

「このクズが！」

「目障《めざわ》りなのだ」

「お前のような者など、このバルファレストには必要ないわ！」

大陸の西にある辺境の小国、バルファレスト。

俺はその国の第六王子として生まれた。

そして母親が平民の生まれだということを理由に、五人の兄たちからは事あるごとに嫌《いや》がらせを受けてきた。

その筆頭《ひっとう》である長兄のミハエル——新王は、俺を嘲笑《あざわら》いながら宣告した。

「新国王であるこの俺の名において、お前をこのバルファレストから追放する！」

父である国王は唯一の俺の味方だったが、昨夜突然倒れてそのまま死んだ。

俺がまだ幼い頃に母が亡《な》くなったが、それからも父は俺のことを変わらずに可愛《かわい》がってくれた。

だが、こいつらにとってはそれさえも気に入らないのだろう。

俺はミハエルの前に膝《ひざ》をついたまま答えた。

「分かりました、俺も十五歳になります。一人でも何とか暮《く》らしていけるでしょう。これからすぐにでもこの国を出ようと思います」

逆《さか》らったところで仕方がない。

父が亡くなった今となっては、別にこの国に未練《みれん》もないからな。

俺は立ち上がり、その場を去ろうとした。

しかしなぜか、国王の間を守る衛兵たちが出口の大扉を閉じてこちらに槍《やり》を構えてきた。

俺は振り返り尋《たず》ねる。

「これは？　兄上、扉を閉じられては出られません」

しかしミハエルは答えず、その隣《となり》に立つ女が高笑《たかわら》いした。

奴の母親で、俺の継母《ままはは》のイザベラだ。

「ろくに剣も魔法も使えぬお前が、追放されて生きていけるとは思えぬ。であれば、ここで始末をしてやる方がお前にとっても良いであろう？」

なるほど、黙《だま》って行くことすらさせてもらえないようだ。

俺が特に反論せずに黙っていると、イザベラは続けた。

「陛下が亡くなった今、お前を守る者はもうおらぬ。陛下があのような卑しい女にうつつを抜かし生まれたお前が、これから先ものうのうと生きているなど、わらわには到底我慢《がまん》出来ぬのだ！」

俺の母はとっくの昔に亡くなっている。

それでも、この女は俺が生きていることすら許せないようだ。

母親《イザベラ》の言葉を聞いて、ミハエルは残忍《ざんにん》な顔で笑う。

そして、立ち上がると腰から提《さ》げている剣――この国の始祖《しそ》が使ったとされている聖剣バルファルードを抜いた。

「レオン、お前のような奴でも一応は弟だ。命だけは取らずにおいてやろうと思ったが、母上が望まれるならば仕方がない。ここで死んでもらうとするか」

嘘《うそ》だな……。

最初からそのつもりだったのだろう。

そういえば、衛兵たちの数がいつもよりも多い。

他の兄たちも、剣を手にしていたり、魔法の呪文を唱《とな》えていたり、既《すで》に準備は万全のようである。

「すぐには殺すなよ」

「ああ、それでは楽しめぬからな」

「平民の血を引く者らしく、惨《みじ》めに命乞《いのちご》いをしてみるか？」

「ふはは！　それは良い！　犬のように這《は》いつくばり、頭をこすりつけて願えば考えてやらぬこともないぞ」

そう言ってこちらを見下して、兄たちは笑っている。

こいつら、楽しんでやがる。

いつもながら悪趣味《あくしゅみ》な奴らだ。

父が生きている時はせいぜい嫌がらせや悪態《あくたい》をつくぐらいだったが、本気で俺を始末するつもりらしいな。

俺は肩をすくめると溜《た》め息をついた。

「……やれやれ。このまま黙って出ていくつもりだったが。いいだろう、相手になってやるよ。父上ももういない、誰に気を使う必要もないからな」

最後くらい、兄であるこいつらの顔を立てて大人《おとな》しく出ていこうと思っていたんだが……向こうがこちらを殺すつもりなら、そんな義理もないだろう。

俺の言葉を聞いて、兄たちは一瞬ポカンとしたがすぐに残忍な笑みを浮かべる。

「こいつ、とうとう頭がおかしくなったみたいだぜ」

「相手になってやる、だと？」

「誰に口をきいている？」

「恐怖のあまり、気でも狂ったか？　このクズが‼」

そう口々に嘲笑《ちょうしょう》する兄たちの奥では、ミハエルが勝ち誇《ほこ》った顔で玉座から俺を見下ろしていた。

そして相《あい》も変わらずニヤニヤしながら口を開く。

「くくく。第一、ろくに剣も魔法も使えぬお前が、どうやって俺たちと戦うと言うのだ？　この愚《おろ》か者めが！」

しかし俺はそれには答えず、奴らを見据《みす》えて言う。

「言いたいことはそれだけか？　御託《ごたく》はもういい。さっさとかかってこい」

俺の言葉に、ミハエルが怒り狂って叫んだ。

「何だと貴様！　何の才能もないクズの分際で‼」

怒りと嘲りに満ちたその傲慢な目つき。

同時に他の兄たちの怒声《どせい》も国王の間に響《ひび》き渡った。

「かかってこいだと⁉」

「貴様、誰に向かって口をきいている？」

魔導士としての才能とやらがあると自負《じふ》する二人の兄が、同時に俺に火炎魔法を放った。

「ふはは！　貴様が悪いのだ、一気に消し炭《ずみ》にしてくれるわ‼」

「思い知れ‼　このゴミが‼」

そんな言葉と共に、炎が俺を包む。

連中が勝ち誇っている姿が、炎越《ご》しに見えた。

だが次の瞬間、炎は俺から離《はな》れ、逆に術者である兄二人の利《き》き腕に襲《おそ》い掛かる。

「うぎゃあああ‼」

「うぉおおお‼」

惨めに床を転《ころ》がる兄たち。

そんな二人の体から離れた炎が、次第に形を変えながらこちらへと戻ってきて、俺の周りをグルグルと回り始める。

そうして炎は小さな人影を形作ると、俺の肩の上に座った。

炎を自在に操《あやつ》る美しい少女。

それは精霊と呼ばれる存在だ。

少女は俺を取り囲む連中を鼻で笑う。

「馬鹿な人間たち。せっかくレオンは黙って出ていくつもりだったのに、自分たちから手を出すなんて」

彼女の言葉と同時に、俺の右手が赤く輝き始め、手の甲《こう》に真紅《しんく》の紋章《もんしょう》が浮かび上がっていった。

他の兄たちから声が上がる。

「精霊だと！」

「一体どうなっている？」

「何だその紋章は⁉」

驚《おどろ》くのも無理はない。

精霊を従《したが》えることが出来る人間など、今の世では限られているからな。

――そう、今の世では。

俺は転生者だ。

かつて、この世界は今のように平穏《へいおん》ではなく、恐ろしいほどの強さを持つ魔物が跋扈《ばっこ》していた。

今では神話になっているほどの、厄災《やくさい》とも呼べるレベルの魔物ども。

奴らと戦うことが出来る才能を持つ者たちは、魔を倒す者、『倒魔人《とうまにん》』と呼ばれた。

そしてその中でも最強とされた四人は、『四英雄』と称《たた》えられていた。

俺はその四英雄の一人だったのだが、ある日の戦いで死んだ。

そして、気が付くとなぜか二千年後の世界に転生していたのだ。

あれほどの強さを誇っていた厄災級の魔物たちの多くは死に絶《た》え、生き残っている魔物は以前よりも遥《はる》かに弱い。

太古から生き残っている強力な魔物もいるが、ごくわずかだ。

今でも覚えている。

二千年前のあの日、仲間の一人が裏切った。

そいつのせいで仲間たちは皆呪いを受け、とある魔物によって命を落とすことになったのだ。

もう昔の話だが、こうやって命を狙《ねら》われると流石《さすが》に思い出す。

右手の紋章の輝きは四英雄である証《あかし》だ。

『英雄紋』と呼ばれるこの紋章。

あの時かけられた呪いのせいで、かつてのような力はまだ使えないが、こいつらを相手にするには十分すぎる。

「フレア、やりすぎるなよ。この程度の連中、少し脅《おど》すだけでいい」

向こうはこっちを殺す気だ。本来なら容赦《ようしゃ》する必要はないだろうが、育ててくれた父への義理もある。

ここで引き下がるのならば、命まで取ることはない。

呻《うめ》きながらまだ床を転がる奴らを見つつ、そんなことを考える。

利き腕に負《お》った火傷《やけど》で、もう魔法は放てないだろう。

しかし俺が話しかけた相手——炎を纏《まと》う精霊の少女フレアは、ツンとした顔で俺を睨《にら》む。

「だってこいつら、レオンを殺そうとしたのよ！　当然の報《むく》いだわ」

その姿を見て、ミハエルが叫んだ。

「精霊だと、馬鹿な！　あり得ん……魔法すらろくに使えん無能なお前が!!」

この世界において、精霊を従えることが出来るのは高位の魔導士だけだ。

それも、精霊が主と認めるだけの力がなければ、決して従うことはない。

流石のミハエルでも、どうやら、それぐらいは知っているようだな。

だが、他の兄二人は近くに立つ衛兵から弓を奪《うば》い取ると、俺に向かって矢を射《い》かけた。

「おのれ！　お前のようなクズが、こんなことがあるはずがない！」

「死ねぇえええ！」

放たれた矢は、まるで風に操られたかのように途中で方向を変えて、奴ら自身の腕に深く突き刺さる。

「ぐっ‼」

「ぐは！　馬鹿なぁああ‼」

その場に倒れて悶絶《もんぜつ》する二人。

するとフレアの隣に、風を纏った白く美しい精霊が姿を現した。

「フレアの言う通り。こいつら、残忍な方法で貴方《あなた》をなぶり殺しにするつもりだったのよ。私、絶対に許せない！」

そう憤《いきどお》るのは、風の精霊であるシルフィだ。

俺の両肩の上に浮かぶ炎と風の精霊を見て、イザベラが半狂乱《はんきょうらん》になって叫んだ。

「……あの女と同じ精霊使いだと⁉　隠《かく》していたのか、この汚《よご》れた血の持ち主が‼　ミハエル、殺しなさい！　こいつを殺せぇえええ‼」

確かに彼女の言う通り、俺の母親は精霊使いだった。

平民だった母が父と知り合ったのもそれが理由だ。

その優《すぐ》れた力ゆえに王宮魔導士となり、次第に愛し合うようになったと聞く。

イザベラはそれゆえに俺の母を……精霊使いを憎《にく》んでいるのだろう。

ただし、俺の力は母のそれとは全くの別物だ。

俺が精霊たちを操る術式は、今では失われた古代魔導言語による契約——古代精霊魔法である。

これは『倒魔人』としての技の一つだ。

ちなみに、フレアもシルフィも高位精霊である。

まぁ、それをこいつらに話したところで、理解出来ないだろうけど。

玉座から俺を見下ろすミハエルの目は血走っている。

聖剣バルファルードを握《にぎ》り、彼は叫ぶ。

「力を隠していただと、この卑怯者《ひきょうもの》が‼」

「殺そうとしておいてよく言う。いいだろう、剣で勝負がしたいのなら相手になってやるよ」

俺はそう言うと、腰から提げた剣を抜いた。

「フレア、シルフィ、下がってろ」

不満げな精霊の少女たちを尻目《しりめ》に、俺は玉座の前に進み出る。

それを見てミハエルは高笑いした。

「馬鹿めが、調子に乗りおって！　この国で俺に勝てる剣士などおらん。貴様のその粗末《そまつ》な剣など、このバルファルードでへし折ってくれるわ‼」

ミハエルはそう叫んで、玉座の上から一気に駆《か》け降りると俺を一刀両断《いっとうりょうだん》しようとした。

「死ねぇええええいいい‼」

俺はその軌道《きどう》を眺《なが》めつつ、手にした剣を振る。

正面《しょうめん》からぶつかり合う剣と剣。

ギィイイイイン‼

金属特有の甲高《かんだか》い音が、国王の間に響く。

その結果、一本の剣が砕《くだ》かれ、その刀身《とうしん》がクルクルと宙を舞い床に突き刺さる。

――砕かれたのは、ミハエルが持つ剣の方だった。

「馬鹿な……そんな馬鹿な！　王であるこの俺の、聖剣バルファルードが‼」

信じられないと言いたげなミハエルを見つつ、俺は自分の剣を鞘《さや》にしまう。

「どんな名剣も使い手がそれじゃあな。新しい主に恵まれなかった聖剣バルファルードが泣いてるぜ」

ヨロヨロと後ずさるミハエルは、俺を見て怒りに満ちた声で叫ぶ。

「貴様……よくも、卑しい貴様ごときがよくも！　高貴《こうき》なるこの俺にそんな口を‼」

そう言って衛兵の一人から槍を奪い取ると、こちらに向かって投げようと身構えるミハエル。

俺は静かに、奴を睨んだ。

「よく考えてから投げろよ。俺を育ててくれた父上に義理立てして、一度だけは許した。だが、二度目はない。それを投げたらあんたは確実に死ぬぞ。俺もそこまで甘くはない」

「き、貴様、俺を誰だと思っている！　バルファレストの新《あら》たなる国王だぞ‼」

敬《うやま》えとでも言うつもりだろうか？

五人がかりでなぶり殺しにしようとしておいて、よく言うものだ。

俺はミハエルに向かって一歩前に進む。

「関係ないな。俺はもうこの国を追放されたんだ、その国の王に命令されるいわれはない」

「ひぃいいい‼」

前に進み出た俺の目を見て、ミハエルは尻もちをついた。

俺の言葉が本気だということを本能的に感じたのだろう。

槍はその手から落ち、床を転がっていく。

「……やらないのか？　なら俺はもう行くぜ」

元々、父の葬儀が終わったら出ていくつもりだったからな。

俺は奴らに背を向けて歩き始める。

背中から、継母のイザベラが叫ぶのが聞こえた。

「覚えておれ！　必ず殺してくれる‼」

いまだ尻もちをついているであろうミハエルも、捨てゼリフを吐く。

「許さん……この俺をよくも、いつか必ず思い知らせてやる！　必ずなぁ‼」

俺は肩をすくめて、振り返らずに歩き続けた。

「いつでも来いよ。その代わり次は容赦はしない、それだけは覚えておくんだな」

先程、兵士たちに塞《ふさ》がれた部屋の扉に向かう。

兵士たちは、恐れるように道を空《あ》けていった。

「その方が賢《かしこ》いな。なにもあんな連中の為《ため》に死ぬことはない」

俺はそう兵士たちに告《つ》げ、長い廊下《ろうか》を歩いていく。

宮殿の中庭に出ると、最後に一度だけ自分が生まれ育った王宮を振り返った。

もう父もいないし、この国に戻ることもないだろう。

俺は懐《ふところ》から一枚のカードを取り出す。

そして、右手を添《そ》え魔力を込めると、カードの表面が淡《あわ》く輝いた。

「ポータル！」

そう唱えれば、先程のカードが消える。そして代わりに、揺《ゆ》らめくゲートのようなものが目の前に現れた。

それを見て、フレアが嬉《うれ》しそうに声を上げた。

「行くのね、レオン」

「ああ、もうここにいる理由がない」

俺の言葉にシルフィも大きく頷《うなず》き、ゲートの先を眺めた。

「ふふ、レオン。これから楽しくなりそうね！」

その言葉に俺は笑みを浮かべる。

ゲートの向こう側《がわ》は、辺境のこのバルファレストとは比較にならない程の大国、アルファリシアの都アデュレーヌだ。

同じ大陸にはあるが、その国力は雲泥《うんでい》の差がある。

バルファレストは、大国アルファリシアの属国の一つに過ぎない。

それも、あいつが王になったのではいつまでもつか……完全に吸収されるのも時間の問題だろうな。

まあいいか、もう俺には関係のない話だからな。

アデュレーヌは父に連れられて一度しか行ったことがないが、その時に向こう側にも出入り口となるポータルを作っておいた。

空間を繋《つな》ぎ、出入り口——ポータルを作るのが、その名の通り「ポータル」という魔法である。

先程のカードは、ポータルの情報を封《ふう》じて使えなくしたり、逆に解放して使えるようにしたりするためのキーのようなものだ。

今の時代に、この魔法を使える魔導士は他には存在しないだろう。

「行こう！　フレア、シルフィ。もう王子はやめたんだ、今日から自由に生きていくとするさ」

「ええ、レオン」

「行きましょう！」

俺たちは、ゆっくりとそのゲートをくぐった。

2　冒険者ギルド

二千年前、俺と仲間たちは、四英雄と呼ばれていた。

この世界に生まれてきた後、ずっと疑問に思っていることがある。

転生したのは、俺だけなのか？　ということだ。

裏切者の『あいつ』以外の、俺にとってかけがえのない二人の仲間。

仲間の名は、青く輝く水の紋章を持ち水の女神《めがみ》と呼ばれたエルフのアクアリーテ、そして雷の紋章を持ち雷神の異名《いみょう》をとるエルフィウス。

炎の紋章を持ち、獅子王《ししおう》ジークと呼ばれていた俺と同様、『倒魔人』の中でも最高の腕を持っていた連中だ。

俺は辺境の国で大人しく暮らしながらも、二人が俺と同じようにこの時代に転生していないかずっと調《しら》べていた。

それには王子であることは都合が良かったんだが……今更《いまさら》言ってもしょうがない。

まぁ父が亡くなった今、王宮で俺が自由に情報を集めることなど出来なかっただろう。

ともかく、二千年前の俺たちはあの時、仲間の裏切りによって死んだ。

条件は同じだから、皆もこの時代に転生しているかもしれない。
俺と同じように、かつての力を取り戻していてもおかしくないはずだ。
そんな淡い期待を持って十五年間捜《さが》し続けたが、それらしい人物の噂《うわさ》は聞かなかった。
だが、あいつらのことだ。
力を隠している可能性もあるだろう。
もし、生きているなら、やはり会ってみたいものだ。
それに……俺たちを裏切った『あいつ』は一体どうなったのか。
俺と仲間の二人は死ぬ前に、最後の力を振り絞《しぼ》って奴に深手《ふかで》を負わせた。
あの傷がもとで死んだのか、それとも……
二千年の時が過ぎた今では、知る由《よし》もない。
昔のことを思い出していたその時――
俺の耳元で声がした。
「ねえ、レオン。あそこじゃない？　ほら、冒険者ギルドって書いてあるわよ」
俺の肩の上に座っているフレアの声にハッとする。
フレアの良く通る声で、すっかり現実に呼び戻された。
俺はフレアが指さす方を見る。
「冒険者ギルド、アルファリシア王国アデュレーヌ支社。ああ、間違いないな」

アデュレーヌに来たのはまだ二回目、しかも前回は父と共に来ていたので、あまり探索《たんさく》は出来ておらず、どこに何があるのか分からない。

目的地の冒険者ギルドが見つかって俺はホッと一息ついた。

ちなみに、シルフィはアデュレーヌに到着した当初こそ物珍《ものめずら》しそうにしていたが、退屈したのか今は姿を消している。

気まぐれな風の精霊のシルフィらしいな。

一方で、好奇心《こうきしん》が強いフレアはまた俺の肩にいるってわけだ。

「でもレオン。どうして冒険者なんてやるの？」

「ん？　金を稼《かせ》がないと暮らしていけないからな。冒険者なら手っ取り早そうだ」

もう王子もやめちまったし……というか連中に追放されたから、続けようと思っても無理だったんだけど。

それに、冒険者であれば、色々な噂話も耳に入ってくるだろう。

それこそ、俺が捜している昔の仲間たちの噂だってあるかもしれない。

まあ、淡い期待に過ぎないけどな。

だが、せっかく城を出たんだ。今までとは違う方法で捜してみるのも悪くない。

「ふぅ～ん、人間て変なの」

フレアはそう言って首を傾《かし》げた。

冒険者ギルドに近づくと、他の冒険者たちが出入りする姿が見えた。

「おい、あれ精霊だぜ！　ってことはあいつ精霊使いか？　まだガキじゃねえかよ」

「ほんとね。ふふ、中々可愛い顔をした坊やじゃない」

建物から出てきたばかりの連中が、俺の肩にいるフレアを見てそんな言葉を交わしていた。

こちらに関心を持っているみたいだが……

俺はフレアに顔を向ける。

「フレア、ちょっと休んでてくれよ。最初からあんまり目立ちたくないからな」

フレアは俺の言葉に少し頬《ほお》を膨《ふく》らませると、腰に手を当てて仕方ないわねと肩をすくめてみせた。

「いいけど……私たち精霊なんていなくても、レオンは強いんだから、結局目立つわよ」

「まあ、そう言うなって。フレアは可愛いから余計目立つしさ」

俺の言葉にフレアの目が輝く。

ものは言いようだな。

「え～！　やっぱり？　ふふ、仕方ないわね。レオンがそう言うなら、しばらく休んでるわ」

そう言って姿を消すフレア。

「さて、それじゃあ行くか」

冒険者ギルドの扉を開ける。

中は結構広い。

いかにも冒険者といった連中が、依頼の貼《は》ってある掲示板を眺めたり、ギルドの奥に用意されたいくつかのテーブルに座ってパーティごとに話をしていたりする姿も見えた。

とりあえず、ギルドに登録しないとな。

俺がキョロキョロしながら受付に近づくと、カウンターの向こうに座るお姉さんが声をかけてきた。

栗色《くりいろ》の髪の、綺麗《きれい》なお姉さんだ。

年齢は十八歳ぐらいだろうか？

「あら、見慣れない方ですわね。このギルドは初めてですか？」

その気さくな笑顔に、俺も思わず笑みを浮かべる。

「ええ、冒険者ギルドに登録したいんです」

お姉さんは頷いて、登録の手続きを始めてくれた。

その途中、俺は質問される。

「ランクは最も低いEランクから始めますか？　それともランク決めのテストをして、それに応じたランクにされますか？」

どうやらお姉さんの話では、冒険者のランクは最高がSSSランク、そしてSSランク、Sランクときて、その下はA~Eランクになっているそうだ。

Aランク以上は余程の腕と実績《じっせき》がないと無理だという。

Sランク以上となると、それ以上の実力なのだが、国からの特殊《とくしゅ》な任務《にんむ》を請《う》け負うことが多いためギルドには滅多《めった》に顔を出さないそうだ。

SSSランクに至っては、この国の勇者や英雄に匹敵《ひってき》する力の持ち主らしい。

俺が頷いていると、お姉さんが説明を続けてくれる。

「テストで与えられる最高位はBランクです。それ以降は実績を積《つ》めばAランクやSランク以上になれる方もいますが、それは本当に一握《ひとにぎ》りの方ですね」

「なるほど、そうなんですね」

どうしようかな。

Eランクは流石に受けられる仕事が限られていそうだし、ランクを上げていくのも面倒だから、テストを受けてみるか?

それに今は、とりあえずまとまった金が欲しい。

宿に泊まるにしても食事をするにしても、金は必要だからな。

あんなふうに城を出てきたから、財産らしい財産なんか持ち出せていないのだ。

俺が考えていた時、ギルドホールに誰かの怒鳴《どな》り声が響いた。

「てめえ！　それじゃあ何だ、俺が嘘をついたとでも言いたいのか？」

そのどら声は後ろから聞こえてきた。

振り向くと、受付からほど近いテーブルでパーティが揉《も》めている。

リーダーと思《おぼ》しき大男が、怯《おび》えたように見上げている一人の少女に凄《すご》んでいた。

男の方は馬鹿デカく、いかにも屈強《くっきょう》に見える。

少女の方は小柄《こがら》で可愛らしく、少し気が弱そうな感じの美少女で、髪は美しいブロンドである。

まるでシスターのような白いローブを着て杖《つえ》を持っているのを見るかぎり、パーティの回復役《ヒーラー》みたいだな。

しかし何より特徴的《とくちょうてき》なのは、長い耳だった。

ハーフエルフだろうか？

俺が知る限り、今も昔も純粋《じゅんすい》なエルフは滅多に人前に現れない。

一方、ハーフエルフは人間の町で生活をしていることがある。

もっとも、親に捨てられて孤児《こじ》になったり、その美しい外見故《ゆえ》に奴隷《どれい》商人に売られたりと、訳アリの者が多い。

そもそもハーフエルフ自体が、エルフからも人間からも疎《うと》まれている存在だからな。

エルフから見れば人と交わった末に生まれた異端《いたん》の者だし、人間にしてみれば、ハーフエルフの一部が持つ強い魔法適性は恐ろしいものだ。

そのため、どこにいても厄介者扱《やっかいものあつか》いされてしまうのだ。

あの少女は、見た感じ俺よりも少し年下の、十三、四歳ぐらいってところか。

冒険者にしては若いな。

そんな彼女は、男の剣幕《けんまく》に半べそをかいていた。

「こ、困るんです……今日中にどうしても金貨が一枚必要なんです。その為にこの一週間頑張《がんば》ったんです。仕事が終わったらくれるって約束したじゃないですか！」

やめておけばいいのに、ハーフエルフの少女は目に涙を浮かべながら必死に食い下がっている。

何か事情でもあるのだろうが、俺には関係のない話だ。

「エルフでも人でもない、汚れた血を持つハーフエルフをパーティに加えてやったんだ。銀貨一枚でも貰《もら》えたことを感謝するんだな！　新しいヒーラーも見つかったんだ。目障りなんだよ、さっさと消えな‼」

それにしても、金貨一枚の約束が銀貨一枚かよ。

約束の十分の一とは酷《ひど》い話だ。

喚《わめ》きながら、大男はデカい手で少女の頭を叩《たた》こうとする。

その瞬間――

男は目を見開いた。

「何⁉」

俺の手が、少女を叩こうとした男の腕を掴《つか》んでいたからだ。

「それぐらいでやめとけよ。あんたのデカい声の方がよっぽどうっとうしいぜ」

そんな俺の言葉に、テーブルに座ってニヤけていた男の仲間たちが、一斉に立ち上がった。

「て、てめえ！　一体いつの間に⁉」

「おい！」

「何者だてめえ……」

俺に腕を握られている大男が、血走った目で俺を見下ろしている。

「まだガキじゃねえか？　この手は何のつもりだ、痛《いた》い目に遭《あ》いてえのかよ！」

俺はふうと溜め息をついた。

口を挟《はさ》むつもりはなかったが、汚れた血だの目障りだの、ついミハエルたちのことを思い出しちまったからな。

どこにでもこういう奴らはいるものだ。

この手の奴らは、弱い者を徹底的《てっていてき》にイジメ抜く。

俺は男の言葉を無視して、ハーフエルフの少女に言葉をかける。

「行こうぜ。こんな連中と話し合ったところで、どうにもならないだろう?」

「で、でも……私、どうしても今日中に金貨が一枚必要なんです!」

少女の目尻には涙が浮かんでいて、今にも零《こぼ》れそうだ。

どうあっても必要な金だということが伝わってくる。

俺は男の手を放して頭を掻《か》いた。

ちっ……

「分かった分かった、俺が何とかしてやるよ」

まったく、俺もとんだお節介《せっかい》焼きだな。

「本当ですか!?」

初めて会った奴にこんなことを言われて信じるのはどうかしていると思うが、それほど切迫《せっぱく》した事情があるのだろう。

少女は大きな瞳《ひとみ》で嬉しそうに俺を見つめている。

そんな俺たちの会話を聞いて、大笑いをする大男と仲間たち。

「聞いたかよ、こんなガキが金貨一枚すぐに何とか出来るわけねえだろうが?」

「格好つけやがって、笑えるぜ」

「それよりも、詫《わ》びを入れてもらおうか? 今なら床に頭をこすりつけて謝《あやま》れば許してやらねえこともねえぜ。なあ、ガルフの兄貴」

どうやらこの大男はガルフという名前らしい。

ガルフは俺を見下ろしながら言った。

「ぐへへ、ティアナ、そんなに金貨が欲しいなら、もっといい商売を紹介してやるぜ」

とことん悪趣味な連中だ。

その時、受付のお姉さんが、さりげなく割って入ってきた。

「レオンさん、ギルド登録の手続きの途中ですよ。ランク決めのテストをするならその説明もさせてもらいます、行きましょう」

そう言ってそっと俺に耳打ちをする。

「相手にしない方がいいですよ。ああ見えてあの連中はBランクです。リーダー格のガルフは来週にはAランクになる予定ですし」

優《やさ》しいお姉さんだ。

さりげなく俺に忠告してくれている。

しかし、ギルドへの手続き中と聞いて、ガルフがニヤリと笑って俺に言った。

「面白《おもし》れぇ、てめえのテストの相手はこの俺様がやってやるよ。ランク決めのテストは、Bランク以上の冒険者との模擬戦《もぎせん》で決めるのがギルドの鉄則だ。俺はじきにAランクになる男だぜ、構わねえよな？　ニーナ」

「それはそうですが、そちらからの申し出となると、本人の了承《りょうしょう》が必要です」

受付のお姉さん――ニーナさんは俺を見て、挑発に乗っては駄目《だめ》ですよと言いたげに首を横に振っている。

ハーフエルフの少女も、心配そうに俺を見つめていた。

俺は再度溜め息をつきながら男を見上げる。

どうやら模擬戦にかこつけて、俺を痛めつけたいらしい。

この手の連中が考えそうなことだ。

登録に来たのが普通の新人ならビビるところなんだろうが――

「いいさ、俺はそれで構わない。どこでやるのか知らないが、とっとと始めようぜ」

「とっとと始めようだと？　馬鹿が、調子に乗りやがって」

嘲笑いながら俺を見下ろすガルフ。

この街に慣れるまでは大人しくしているつもりだったが、ここまできたらもう今更だ。

俺はガルフに一つ提案をした。

「なあ、どうせ模擬戦をするなら賭《か》けをしないか？　俺が勝ったら金貨一枚貰う、その代わり負けたらあんたらに一枚ずつ金貨を渡してやるってのはどうだ？」

「そんな、駄目です！　レオンさん」

そう言って俺の腕をギュッと握りしめたのは、ハーフエルフの少女――ティアナだったか。

レオンと呼んだのは、受付のニーナさんが俺の名前を呼んでいたからだろう。

ティアナは慌《あわ》てて俺に自己紹介する。

「わ、私はティアナって言います。レオンさん、そんな勝負したら駄目です……あの人強いです」

「ティアナか、いい名前だな。心配するな。金貨一枚、どうしてもいるんだろ？」

「……それはそうですけど」

こうなったら、手っ取り早くこいつらから貰うのが一番だ。

そもそも、ティアナの貰うべき金だったんだからな。

ガルフたちは顔を見合わせニヤついている。

ガルフと仲間三人、合計四枚の金貨が手に入るとでも思っているのだろう。

「小僧《こぞう》、いいだろう。その賭け乗ってやるぜ」

ガルフはそう言った。

そしてニーナさんに受付から紙を持ってこさせると、賭けの内容を記した念書を作成させる。

とことん腐《くさ》ってるな。

ティアナの時にはこんな紙、書かなかったんだろう？

だが、こっちにとっても好都合だ。

これで向こうも、とぼけることは出来なくなるのだから。

俺はサラサラとサインをする。

「馬鹿な野郎だぜ」

「お前みたいなガキが、ガルフの兄貴に勝てるわけがねえ」

「へへ、払えるまで精々《せいぜい》こき使ってやるぜ」

ニーナさんは心配そうな顔で俺に囁《ささや》く。

「本当にいいんですか？　レオンさん。知りませんよ」

「ええ、ニーナさんには迷惑《めいわく》はかけませんよ」

ニーナさんは不安そうな顔をしたが、俺たちをギルドの裏庭に案内してくれた。

そこは広い空《あ》き地になっており、模擬戦とやらをするには十分な広さに見える。

ガルフは、面白《おもしろ》がって裏庭に出てこようとするやじ馬たちを睨みつけた。

「見世物《みせもの》じゃねえぞ！　ひっこんでろ！」

そう言って俺を見下ろすとニヤリと笑う。

分かりやすい奴だな。

金を巻き上げるだけじゃなくて散々《さんざん》痛めつけてやるぜ、って顔してやがる。

それなら目撃者は少ない方がいい。

そう考えているのだろう。

「見届け人は私が務《つと》めさせていただきます。レオンさんが勝てば、Bランクとして登録させていただきます……くれぐれも、よろしくお願いしますね、ガルフさん。レオンさんも頑張って」

そう言ってガルフを見上げるニーナさん。

当のガルフは、俺を眺めながら舌なめずりをしていた。

「ぐへへ、分かってるぜ。俺を誰だと思ってやがるんだ」

何言ってるんだ、お前だからニーナさんが心配してるんだろうが。

俺も返事をする。

「了解です、ニーナさん」

ティアナが心配そうに俺を見つめている。

「レオンさん……」

「そんな顔するなって。大人しくそこで見てろ、すぐ済ませるからさ」

それを聞いたガルフは、俺の腰元の剣を眺めつつ、残忍な笑みを浮かべる。

「すぐ済ませるだと？　笑わせやがる。そんな剣じゃあ、俺の斧《おの》は受け止められねえぜ、小僧！」

背負《せお》っている戦斧《せんぷ》を右手で掴むガルフ。

「心配するなよ、かすりもしないもの、受け止める必要がないからな」

当然のことを教えてやったのだが、どうやら連中は気に入らなかったらしい。

ガルフの腰巾着《こしぎんちゃく》の三人が喚く。

「何だと、小僧！」

「てめえ、ぶちのめされてえのか！」

「クソガキが‼」

俺が何て言おうがそうするつもりだったくせに、よく言うものだ。

ガルフはといえば、もう既に斧を構え、振りかぶっている。

「ガキが！　死なねぇ程度にいたぶってやるから覚悟しやがれ‼」

その目は残忍さと、俺をいたぶることへの喜びに濁《にご》っていた。

「両者、準備はいいですね？　――はじめ！」

ニーナさんの合図と同時に、ガルフが一気にこちらに詰め寄り、斧を振り下ろしてきた。

「喰《く》らええぇえいい‼」

吠《ほ》えるガルフ。

威勢《いせい》はいいが遅《おそ》すぎる。

これでもうすぐAランクって本当なのか？

これならまだ、ミハエルの方がましだ。

俺の右手の紋章が、一瞬だけ輝いた。

ガルフの斧が振り下ろされた瞬間――

俺の剣は一度鞘から抜かれ、またそこに収まっていた。

そしてガルフの足元に、柄が短くなった奴の斧が音を立てて落ちる。

ガルフの手に残るのは、短い斧の柄だけになっていた。

「な⁉ 何だ⁉ 何だこりゃあああ⁉」

自分の手に握られた柄を見て叫ぶガルフ。

「分からなかったのか？ 俺が剣で斬《き》ったに決まってるだろ？」

俺はそう言いながら、肩をすくめた。

ティアナとニーナさんが、こちらを見て目を丸くしている。

「え？ い、今のレオンさんがやったんですか⁉ す、凄い！」

「ええ、この腕前、Bランクどころじゃないわ！ Aランク、いいえ恐らくSランク以上……」

俺はガルフとその腰巾着どもに尋ねた。

「なあ、まだやるか？ 何なら全員一緒でも俺は構わないぜ」

ガルフは血走った目で俺を見下ろしてきた。

「てめえが、やっただと⁉ あり得ねえ！ てめえごときが‼」

ようやく状況を理解……はしてないか。

こちらの質問にも答えず、声を荒《あら》らげるガルフ。

恐らく、奴には俺の太刀筋《たちすじ》すら見えてなかったのだろう。

見えないものは信じられないのが人のサガかもしれないが、ここまでくるとつける薬がなさそうだ。

ガルフは近くにいた仲間の一人に近寄って剣を奪い取ると、俺に向かって斬《き》りかかってきた。

「クソガキが！　喰らえやぁああ‼」

逆上して、怒声を上げるガルフ。

俺が腰から提げた剣を抜くと、右手の紋章が再び光を放つ。

「おぉおおおお‼」

俺の気合《きあい》と共に闘気で真紅に染《そ》まっていく刀身。

次の瞬間ガルフが振り下ろした剣は、俺の体に届く前に、真《ま》っ二《ぷた》つに切り裂《さ》かれて地に落ちた。

そして俺の剣が、奴の喉元《のどもと》に突きつけられていた。

真紅の闘気に包まれた剣が揺らめいている。

「まだ続けるか？　確か、死なない程度にいたぶってくれるんだったよな。なら、俺もお前らにそうしても構わないってわけだ」

この手の連中は、こうして実力の差をハッキリさせておかないと、またすぐに調子に乗る。

王宮にいた時、父の顔を立てて大人しくしていたが、結局それでミハエルたちがあんな態度になったからな。同じ失敗を繰《く》り返すわけにはいかない。

こうやって脅しておくのは有効だろう。

「どうする？」

俺は剣を引き、構えた。

「ひっ！　ひぃ‼」

ガルフが情けない声を上げて尻もちをつくと、取り巻きの連中も悲鳴を上げる。

「ば、化け物！」

「か、勘弁《かんべん》してくれ！」

「ひぃいいいいい‼」

ようやく事態が呑《の》み込めたのだろう。

ガルフたちは腰を抜かして、呆然《ぼうぜん》としながら首を横に振っていた。

「ああ、別に謝ってもらう必要はないぞ。それよりも約束通り、金貨を一枚貰おうか？　――それから一応言っとくが、このことでティアナに嫌がらせをしようなんて思うなよ？　俺に喧嘩《けんか》を売ってるって判断するからな」

俺は地面に転がっているガルフの戦斧の刃を拾い上げると、それをポンと放り投げてから闘気を纏った剣を振るった。

切り刻《きざ》まれた鉄の塊《かたまり》が、パラパラと地面に落ちる。

「忠告はした。二度目はない、分かってるよな?」

俺がそう言って睨むと、連中は土下座《どげざ》をして金貨が入った布袋を俺に差し出した。

「ひ!」

「わ、分かりました!」

「に、二度と手を出したりしません!」

「か、金ならここに‼」

俺はガルフが差し出した布袋を受け取り、金貨を一枚取り出してティアナに渡した。

「ほらよ、ティアナ。約束の金貨一枚だ。元々ティアナの稼いだ金なんだから遠慮《えんりょ》することはない。そうだよな?」

俺の言葉にガルフたちはコクコクと頷く。

弱い者には強い、強い者には弱い。

ミハエルたちと同じである。

あいつらも父が生きている時は、俺に手なんて出せなかったからな。

嫌になる程よく似てやがる。

俺は用済みになった布袋を、ガルフに投げて返す。

全部巻き上げたらこいつらと同じだ、そんな真似《まね》をするつもりはない。

連中はそれを受け取ると、慌てて逃げ去っていった。

「やれやれ、忙しい連中だ」

俺は肩をすくめた。

ティアナが大きな瞳に涙を浮かべて俺を見つめている。

「レオンさん、ありがとうございます！　本当にありがとうございます‼」

「別に礼なんていいって。言っただろ？　元々それはティアナの金なんだからな」

俺はニーナさんに尋ねた。

「ニーナさん、これでBランクということでいいですかね？」

「え？　ええ！　もちろんです。凄かったです‼　レオンさんなら、きっとすぐにAランク以上に上がれます！」

俺は見届け人をしてくれたニーナさんに頭を下げる。

「助かりますよ。何しろ、今日泊まる宿もないんで、すぐに金がいるんです」

「あら？　それほどの腕があるのに信じられないわ」

俺の軽口《かるくち》を聞いて、少し砕けた口調《くちょう》になるニーナさん。

クスクスと笑って俺を見つめる。

「はは、まあ色々こっちにも事情がありまして」

その時、俺の右手がギュッと握られる。

「ん？」

ティアナが何か言いたそうな顔で、俺の手をしっかりと握りしめていた。

「あ、あの！」

「どうしたティアナ？　金貨はもう手に入っただろ。俺に気を使う必要はないぞ、用事があるんじゃないのか？」

あんな連中に盾突《たてつ》くほど、あの金が必要だったわけだからな。

それなりの事情があるはずだ。

「俺はこれから仕事をするつもりだからさ、ここでお別れだな」

ティアナはそれを聞いて、俺の手をもう一度しっかり握りしめる。

そして勇気を振り絞ったように俺を見つめた。

「あ、あの！　レオンさん、私と一緒に来てください！　お礼がしたいんです」


冒険者ギルドを出てティアナに連れてこられたのは、街はずれにある、貧しい人々が暮らしている区画だった。

街の中央のような華《はな》やかさはそこにはなく、生活感の溢《あふ》れる雑多《ざった》な雰囲気《ふんいき》が漂《ただよ》っている。

そこを慣れた様子で歩くティアナ。

「おいおい、どこまで行くんだよ？　ティアナ」

「は、はい。もう少しで着きますから」

そう言って笑顔を見せる。

彼女は、俺にどうしてもお礼がしたいと言っていた。

それから、今日寝る場所がないなら、それを提供するとも言ってくれたのだ。

そう言われたら断《ことわ》れないよな。

断られてしょんぼりするティアナの顔が目に浮かぶ。

まあ、俺としても、寝床が出来るのはありがたい。

とりあえず寝床があるなら仕事は明日からでもいいしな。

ニーナさんは俺に仕事を紹介出来なくて残念そうだったが、明日また顔を出すと言ったらニッコリと微笑《ほほえ》んでくれた。

そして一つ、忠告をしてくれた。

最近、夜になると妙な魔物が現れることがあるらしい。

見た目は普通の魔物と変わらないのだが、額《ひたい》に変わった魔石をはめ込まれているそうだ。

驚くほどの強さで、腕利《うでき》きの冒険者が数名命を落としたとか。

国から正式な依頼が来て、Sランク以上の冒険者が調査にあたっているとのことだ。

「――レオンさんほどの腕があればぜひ調査隊に加わって欲しいんですけど、流石にBランクのままでは推薦《すいせん》が出来ませんから」

「はは、そうでしょうね」

「ええ、ですから、沢山《たくさん》依頼を受けてランクアップしてくださいね」

そんな会話を、ギルドを出る前にしてきた。

そして今、俺の首には、Bランクの冒険者の証がかけられている。

これは特殊な魔法がかかったネームタグで、ギルドだけではなく冒険者が使う施設で身分証明書代わりに使えるそうだ。

ニーナさんが親切に俺の首にかけてくれて、外まで見送ってくれた。

そんなことを思い出しつつ歩いていると、辺りの住人たちがティアナを見て、気さくに話しかけてくる。

「よう、ティアナ！　そいつは彼氏かい？」

「ち、違います！　彼氏だなんて、レオンさんに迷惑です……レオンさんは恩人なんです」

話しかけてきた男はそれを聞くと、俺にも笑顔で言った。

「ティアナの恩人なら、覚えておかねえとな。俺たちにとっても大事な客人だぜ」

それを聞いてコクリと頷くティアナ。

道中、そんなやりとりが何度か繰り返された。

「ティアナ、結構顔がきくんだな」

俺が感心してそう言うと、ティアナは恥《は》ずかしそうに笑って答える。

「そんなんじゃありません。この地区は色々な事情がある人たちが集まっているんです。助け合わないと生きていけませんから、みんな顔見知りなだけですよ。あ、あのレオンさんここです」

そう言ってティアナが指さしたのは、こぢんまりとしている古びた教会だ。

敷地《しきち》に入ると、庭で遊んでいた子供たちが、ティアナの姿を見て一斉に駆けてくる。

「ティアナお姉ちゃん！」

「おかえりなさい！」

「お姉ちゃん！　おかえり！」

あっという間に子供たちに囲まれたティアナは、嬉しそうに笑っている。

へえ……

元々ティアナは美人なのだが、子供たちに向ける笑顔は特別な美しさがあるように感じた。

純粋さと清楚《せいそ》さ、それに母性的な優しさだ。

それがシスター姿によく似合っていた。

俺はその時、ふと昔の仲間の一人を思い出した。

水の紋章を持ち、水の女神と呼ばれたエルフのアクアリーテ。

聖女とも呼ばれた彼女も、多くの孤児たちを育てていた。

アクアリーテが四英雄として戦っていた理由は、その子供たちだったっけ。

同じエルフ族ということもあるのだろう、ティアナの姿がかつての仲間に少し重《かさ》なって見えた。

あいつは、この時代に生まれ変わったのだろうか。そうだとしたら、今はどうしているんだろうか?

思わずそんな考えが浮かび、ぼうっとティアナたちを眺めていると、子供の一人が俺の脚を蹴飛《けと》ばしてきた。

七歳ぐらいの男の子だ。

「何だこいつ? ティアナお姉ちゃんを見てデレッとしてたぞ!」

「ティアナお姉ちゃんに酷いことしたら許さない!」

「許さないです!」

「何しに来たですか?」

そしてあっという間に、四人の幼い子供たちに囲まれてしまった。

男の子一人と、女の子三人だ。

皆、五歳から七歳ぐらいといったところだろう。

ティアナはそれを見て、慌てたように子供たちに説明した。

「キールやめて！　ミーアもリーアもレナも聞いて頂戴《ちょうだい》。レオンさんは私たちの恩人なの、大切なお客様よ」

俺は子供たちを眺める。

「お客さんって、本当か？　ティアナお姉ちゃん」

キールというのが先程俺を蹴って、今も首を傾げている七歳ぐらいの男の子で、どうやら獣人か半獣人のようだ。

見た目はほとんど人間と変わらないが、大きな犬耳と尻尾がある。

「お客さんですか？」

「ごめんなさいです……」

可愛らしく項垂《うなだ》れる二人は双子《ふたご》なのかよく似ている。

とはいえ、大きな猫耳と髪や尻尾の色が違うので区別がつく。

さっきのティアナの言葉への反応からすると、赤毛なのがミーアで、白い毛をしたのがリーアだろう。

まだ五歳ぐらいかな。

「ま、紛《まぎ》らわしい時に来るからだわ。もうすぐあいつらが来るだろうし」

そうツンとした様子で言うのが、レナだろう。

ティアナと同じハーフエルフで、年齢はキールぐらい。

整《ととの》った顔立ちで、少し気が強そうな少女だ。

「おいおい、俺のせいかよ。それに、あいつらって誰のことだ？」

俺の問いに、ティアナは少し困った顔で微笑んだ。

「心配しないでください。レオンさんのお蔭《かげ》で何とかなりそうですから」

「……そうか？　何だかよく分からないけど良かったな。それにしてもこの子供たちは一体何なんだ。お前の兄弟ってわけじゃないだろ？」

ハーフエルフのレナはともかく、それ以外の子供たちは獣人族だからな。

ティアナは子供たちの頭を撫《な》でながら俺に言った。

「ここは私が育った孤児院なんです。この子たちとは血は繋がってないですけど、私は本当の弟と妹だと思っています」

ティアナの言葉にキールが胸を張る。

「そうだぜ！　ティアナ姉ちゃんは俺の本当の姉ちゃんだ！」

双子の猫耳姉妹もコクリと頷く。

「お姉ちゃんです！」

「ティアナお姉ちゃん、大好きです！」

レナは俺を睨むと腕を組んだ。

「そうよ、私たちはみんな本当の姉弟だわ！」

俺はそれを見て頭を掻いた。

そして、子供たちに詫びる。

「悪かったな……そうだな、血が繋がっていたって、兄弟なんて呼べないような連中もいるからな」

実の弟を殺そうとする兄たちだって、世の中にはいる。

ティアナが、俺の言葉に不思議そうに首を傾げた。

「レオンさん？」

「はは、何でもないさ。こっちの話だ」

それからティアナに聞いたところによると、この教会の神父が孤児院をやっていたのだが、先月亡くなってしまったそうだ。

それで一番年長のティアナが、代わりにこの子たちを育てているようだ。

金はその為か？

四人の子供の母親代わりともなれば、金はいくらあっても足《た》りないだろうからな。

しかし、それにしては切羽詰《せっぱつ》まった様子だったけどな。

俺がそんなことを考えていると、後ろから野太《のぶと》い声が聞こえてきた。

3　奴隷商人

振り返ると、教会の門をくぐり数人の男たちがこちらにやってくるのが見える。

「相変《あいか》わらずぼろい教会だな、なあゼザム」

「ああ、しけてやがるぜ。とっととガキを追い出してぶっ壊《こわ》しちまえばいいのによ、なあバザム」

その声を聞いて、ティアナと子供たちの顔に緊張《きんちょう》が走る。

やってきたのは二人……いや、三人の男たちだった。

まずは長身でガラの悪そうな、顔がそっくりな男が二人、こちらに歩いてくる。

軍人……いや傭兵崩《ようへいくず》れか？

二人とも、人を殺したことがある奴の目をしている。

歩き方一つ見ても、ガルフのようなこけおどしではない。

特殊な訓練を積んだ者の動きだ。

その後ろには、高価そうな服を着た恰幅《かっぷく》のいい男が一人立っていた。

ちょび髭《ひげ》で腹がでっぷりと出た、四十歳ぐらいの商人風の男。

前を歩く二人はこの男の用心棒《ようじんぼう》だろうか。

ガラの悪い男たちは商人風の男に向かって言う。

「ゼバルドの旦那《だんな》。わざわざ、こんな薄汚い場所に来ることはねえんですぜ。なあゼザム」

「どうせ金は作れてねえはずだ。あの女なら、俺たちが屋敷まで引っ張っていきますからよ。なあバザム」

そう言って、下卑《げび》た笑いを浮かべた男たち——ゼザムとバザムがこちらを見る。

会話の終わりに、互《たが》いに相手の名を呼んでいるのが不気味である。

商人風の男、ゼバルドの方はといえば、値踏《ねぶ》みするような目でこちらを眺めていた。

太りすぎているせいで、せっかくの豪華《ごうか》な衣装《いしょう》がはち切れんばかりである。

「ぐふふ、荒っぽいお前たちに任《まか》せていたら、ティアナの美しい体にアザを作ってしまうかもしれん。この女は、大事な商品になるのだからな」

ねちっこい喋《しゃべ》り方も相《あい》まって、暑苦しい男だ。

それよりも、今こいつ、ティアナのことを商品って言っていたな。

どういうことだ？

用心棒たちはこちらに歩いてくると俺を見下ろす。

「何だてめえ？　こんなところで何してやがる？　なあゼザム」

「ああ、怪《あや》しい野郎だ、なあバザム」

よく言うぜ、お前らの方がよっぽど怪しいだろうが。

一方で、ティアナの周りには子供たちが集まって怯えた顔をしている。

しかし、キールはティアナを守るように前に立ち、ガラの悪い男たちに叫んだ。

「帰れ！　お前たちみたいな気持ち悪い奴らに、ティアナお姉ちゃんを連れていかせたりなんか絶対にするもんか‼」

「何だと！　このクソガキが‼」

キールの襟首《えりくび》を掴もうと、手を伸《の》ばすゼザム。

ティアナが叫んだ。

「やめて！　子供たちには手を出さないで！　利息分のお金は用意しましたから‼」

そう言って、キールを抱《だ》きかかえるティアナ。

俺はティアナの前に立ち、ゼザムの手を払った。

ゼザムは、「ほう」と俺を見下ろす。

「小僧、やる気か？　その動き、少しは出来るようだが」

俺の首には、冒険者ギルドで貰ったBランクのネームタグがかけられている。

それを確認したのだろう、ゼバルドが嘲るように口を開いた。

「何だ貴様は？　ぐふふ、見たところBランクの冒険者のようだが、先の戦争で死神と恐れられた双子の傭兵、ゼザムバザム兄弟を知らんのか？　お前が勝てるような相手ではないぞ」

死神？　全く知らないな。

先の戦争というのは、半年ほど前にアルファリシアが隣国《りんごく》との間に起こした戦争のことだろう。

どうやらやはり傭兵崩れの連中のようだ。

俺は連中を見上げると答える。

「悪いが知らないな、この町には来たばかりなんでね」

ゼバルドはちょび髭を触《さわ》りながら、俺のことを嘲笑うように言った。

「はっ、愚かな小僧だ、余計なことに口を挟みおって。痛い目に遭いたいのか？」

ゼバルドの言葉にティアナが叫んだ。

「やめて、レオンさんは関係ないわ！　お金なら作りました、今渡しますから帰ってください‼」

ティアナはそう言うと、金貨を大切そうに取り出してゼバルドに差し出す。

それを見て、ゼバルドは驚いた表情になる。

そして、忌々《いまいま》しげに呟いた。

「ちっ……馬鹿な、どうなっておる。ガルフの奴、何をやっておったのだ、あの役立たずめ」

ティアナには聞こえなかっただろうが、俺の耳は誤魔化《ごまか》せない。

妙な話だ。

どうして、こいつがガルフを知っている？

奴の言葉が聞こえなかっただろう彼女は、ゼバルドに言った。

「ハーフエルフの私に、冒険者のお仕事を紹介してくださったことは感謝しています。や、約束の金貨一枚です！　だ、だからもう帰って！」

勇気を振り絞ったようにそう言って、金を差し出すティアナ。

俺はゼバルドを眺める。

……なるほどな、黒幕はこいつか。

今の話から考えるに、金に困ったティアナに冒険者の仕事やガルフを紹介したのはこいつだろう。

それは厚意《こうい》などではなく、借金の期限までに他の方法で金を作らせないようにするためだ。

金貨一枚貰えると安心させて、最後はガルフに金を支払わせない。

回りくどいやり方だが、そうなれば金を借りた方は打つ手がないし心も折れる。

そうしてそれを理由に迫《せま》れば、素直に言うことを聞く……というわけだ。

それに、ティアナのことを『大事な商品』だと言っていた。

こいつは、恐らく金貸しを装《よそお》った奴隷商人で、ガルフもグルなのだろう。

人に金を貸して、返せなければ借りた人間やその子供を奴隷として売り払うのだ。

つまるところ、こいつらの目的はティアナなのだろう。

この手の連中は二千年前にもいた。

こんなところは、今も昔も変わらない。

ティアナは震《ふる》えながらも、ゼバルドをしっかりと睨みつけて言った。

「これからも、毎週きちんとお金は払うつもりです。だから、もう帰って！」

しかしゼバルドは邪悪《じゃあく》な顔で笑った。

「ぐふふ、いいだろうティアナ。だが来週は金貨九枚だ、元金もろとも、全てを支払ってもらうぞ」

「そ、そんな！　金貨九枚だなんて！　毎週一枚ずつでいいって約束でお借りしたはずです‼」

ティアナの言葉に、ゼバルドは襟元《えりもと》から何やら紙を取り出しながら答える。

「ん？　知らんなぁ、そんなことがこの証文のどこに書いてある？　文句なら、金のかかる病《やまい》にかかって死んだ神父に言え。元々借金は金貨七枚に利子を含めて、金貨十枚だ」

「そんな！　教会に来てくれていた人が聞いているはずです！　証人だっているわ‼」

「ほう。ならば、役人にでも訴《うった》えてみるのだな」

汚い野郎だな。

この手の連中のことだ、役人を買収してもおかしくない。

安上がりだと踏《ふ》んでガルフたちを使ったんだろうが、失敗した現状、手段を選ばないだろうからな。

訴えたところで、ティアナの言い分が通じるかどうか。

ゼバルドが取り出した紙は借用書のようで、そこに書かれていることによると、親代わりだった神父の治療《ちりょう》のため、金を借りたらしい。

「ぐふふ、本来なら今すぐ取り立てたいところを、来週まで待ってやると言っているのだ。感謝するのだな」

「そんな、一週間で金貨九枚なんて無理に決まっています！」

一週間という猶予《ゆうよ》を与えたのは、これから役所に手を回すための時間を稼いだのだろう。

少しだけ希望を与えてみせる、小悪党らしいやり方だ。

子供たちはティアナにしっかりと身を寄せる。

「ティアナ姉ちゃん……」

「お姉ちゃん」

「う……うう」

唇《くちびる》を噛《か》み締めるキールと、涙を流すミーアとリーア。

レナは両手を握りしめて叫んだ。

「嫌よ！　ティアナお姉ちゃんは私が守るんだから！」

ゼバルドはそんなレナを見下ろすと。

「ならばお前が代わりに買われていくか？　奴隷の身分はガキには辛いかもしれんぞ、貴族の中にはお前のようなガキがいいという連中もいるからな。どうする？」

クズらしい脅し方だ。

勝気だったレナの顔が、怯えた表情に変わっていくのが分かる。

ガタガタと震えるそのレナを、ティアナは抱き締めた。

「やめて！　私が行きます、お願いだからこの子たちには手を出さないで‼」

そう叫んだティアナに、ゼバルドは満足そうに笑みを浮かべた。

「ふん、最初からそう言えばいいのだ。来週は身を清めて待っているのだな。お前はハーフエルフでも特別に上物だ、高値《たかね》がつくだろう」

普通のハーフエルフでも、金貨三十枚は下らないと聞くからな。

ティアナほどの器量《きりょう》があれば、それを遥かに上回《うわまわ》る金額で取引されるだろう。

たった金貨七枚で、がっぽり儲《もう》けようってわけだ。

しかも、孤児たちが親代わりと慕《した》う神父の治療費で。

まったく、とんだ外道《げどう》もいたものだ。

ゼバルドの言葉に、涙を流すティアナと子供たち。

俺は長い息をふぅと吐き出す。

「待てよ。来週までに、金貨九枚払えばいいんだろ？」

「……何？　小僧、何か言ったか」

「鈍《にぶ》い野郎だな。その金貨、俺が耳を揃《そろ》えて払ってやるって言ってんだよ」

俺の言葉に、ティアナが驚いたようにこちらを見つめる。

「レオンさん……」

「そんな顔するなって、ティアナ。お前がいなくなったら、こいつらどうするんだよ？

本当の姉弟なんだろ？」

それに、あのガルフの一件にも繋がってる連中だ。

一度関わったなら、最後まで綺麗に始末するべきだろう。

それに、何よりも――

こいつらのやり口が気に入らねえ。

すると、商売の邪魔《じゃま》をするなとばかりに二人の用心棒が俺を睨んだ。

「関係ない野郎が口を出すんじゃねえよ。なあ、バザム」

「ああ、最初に見た時からてめえは気に入らなかったんだよ。なあ、ゼザム」

そしてゼバルドが、嘲るように俺を眺める。

「くくく、痛い目に遭わんうちに消えるんだな、小僧。この二人の『双人魔殺拳《そうじんまさつけん》』を喰らいたくなければな！」

双人摩殺拳か、物騒《ぶっそう》な名だ。

二人の用心棒は、残忍な笑みを浮かべて俺を見る。

「馬鹿な小僧だ、相手の力も分からずに喧嘩を売ってきやがるとはな。なあ、ゼザム」

「くく、多少は出来るようだが、戦場ではお前程度の奴など掃《は》いて捨てる程いるぜ。なあ、バザム」

どうやら、戦場で死神と呼ばれていたことが余程自慢らしい。

確かにその身のこなしはガルフとは違う。

ゼザムが俺に言う。

「小僧、いいものを見せてやろう」

次の瞬間、ゼザムの拳《こぶし》が、そばにある古びた石像に向かって突き出された。

門から教会に続く石畳《いしだたみ》の道の左右に二体並ぶ、翼の生《は》えた天使の像の一つだ。

その天使の心臓めがけて突き出されたゼサムの拳。

凄《すさ》まじい速さである。

それが石像を打ち砕くと思われたその時――

「ああ！」

「「お姉ちゃん‼」」

青ざめるティアナと子供たち。

奴の拳は石像を砕いてはいなかった。

貫いていたのだ。

まるで音もなく、その石像の左胸を貫いているゼザムの拳。

一方で、バザムはもう一体の石像の胸を手刀で貫いていた。

そのあまりの光景に、子供たちは怯えてティアナにしがみつき、ティアナはその子供たちをしっかりと抱き締める。

ゼザムとバザムはそれを見て笑った。

「俺たちに剣などいらぬ。この拳で貫けんものはないからな。なあ、バザムよ」

「くくく、闘気で肉体を活性化し全身を武器とする。我らが暗殺拳に敵などおらぬわ！　なあ、ゼザム」

そんな二人の力を見たゼバルドが、邪悪な笑みを浮かべる。

「どうせ役人を抱き込むのだ、もう遠慮はいるまい。しかしガルフの奴め、余計な金を使わせおって」

どうやら、この後すぐにでも役人を抱き込みに行くつもりのようだ。

二人の用心棒は嘲笑うかのように俺を眺める。

「死にたくなければ黙って消えろ。なあバザム」

「貴様ごときでは勝てん相手だと思い知っただろうが？　なあゼザム」

俺は肩をすくめると、二人の間に入るように進み出る。

「面白い。来いよ、その技が俺に通じるか試《ため》してみろ。その代わり、俺が勝ったらその証文の借用人の名前を俺に変えてもらおうか」

俺の言葉に、ゼバルドは何を言っているのだとでも言いたげに、呆然とこちらを眺めていた。

そして、その巨大な腹を揺らして高笑いする。

「この馬鹿が！　今のを見ても分からんのか？」

「ああ。生憎《あいにく》な。だが、見世物としては上出来だ」

ゼザムとバザムの目が残忍な色に染まっていく。

それを見てゼバルドは言った。

「馬鹿なガキだ、もうワシでも止められん。いいだろう、その賭けにのってやろう。だが貴様は死神を冒涜《ぼうとく》したのだ、五体満足でいられると思うなよ！」

「俺の心配よりも、こいつらの心配をしてやることだな」

その言葉を聞いた瞬間、ゼザムとバザムが俺に向かって突きを放っていた。

ティアナの悲鳴が辺りに響く。

「いやぁああ！　レオンさん‼」

ゼザムの拳は俺の右肩を、バザムの手刀は俺の顔をかすめて、朱色の線を作った。

突きが直撃しなかったのを見て、二人は構える。

「ほう、今のをかわしたか……どうやら口だけではないようだな」

「だが、これはほんの小手調《こてしら》べに過ぎん。この俺たちを愚弄《ぐろう》した罪、そんな傷では済まさんぞ」

俺は右頬に刻まれた傷をなぞると、連中に答える。

「いいから、かかってこい。死神とやらの力を見せてもらおうか」

その言葉に反応し、血に飢《う》えた死神どもが叫んだ。

「小僧がぁああ‼」

「喰らえやぁああああ‼」

凄まじい数の拳と手刀が俺に襲い掛かる。

これが、双人魔殺拳というやつだろう。

確かに息が合ったコンビでなければ、自分たちの攻撃がぶつかり合うに違いない。

だが――

「おぉおおおおお！」

俺が咆哮《ほうこう》を放つと共に、右手の紋章が真紅に輝く。

それと同時に、奴らの攻撃全てに、それよりも遥かに速い俺のパンチがカウンターとして突き刺さった。

一瞬、奴らは無数の俺の拳の残像《ざんぞう》を見ただろう。

「あば！　あばばばばばば‼」

「ぶば！　ぶばばばあばばば‼」

バザムとゼザムは何が起きたか分からないのか、目を見開いたまま吹き飛ばされる。

地面を転がる二人は、ようやく止まったところですぐに立ち上がろうとしたが、また崩れ落ちる。

「あ、あが……なんらこれ。なあパザム」

「うが……なんら体が。なあゼサプ」

ようやく口を開いたが、明らかに呂律《ろれつ》が回っていなかった。

もはや、互いの名前すら正確に言えていない状態だ。

「そのでかい体で伸びられたんじゃ迷惑だからな。手加減はしてやったが、しばらくは足腰が立たないだろう」

ガルフとの戦いでは剣に纏っていた真紅の闘気は、今は俺の全身を包んでいて、細胞を活性化、運動能力を上昇させているのだ。

「な、なんら！　その闘気、そんな馬鹿な……こんな、強い闘気が‼」

「あ、ありえねえ……ば、化け物」

俺は連中に向かって歩を進める。

そして言った。

「死神に化け物なんて呼ばれる筋合《すじあ》いはないな。それよりも約束しろ、二度とこの教会には足を踏み入れないとな。てめえらには、ここは不似合いすぎる」

コクコクと頷く男たち。

そして俺は、腰を抜かして尻もちをついているゼバルドに言った。

「約束通り証文を書き換《か》えてもらおうか。安心しろ、金は俺が払ってやる。だが、もしも今後ティアナたちに手を出したら、俺がお前の死神になる。それだけは覚えておくんだな」

「ひ、ひぃ！　く、来るな化け物‼」

真紅の闘気に覆われた俺を見ながら、そう叫ぶゼバルド。

立ち上がれないのか、へたり込んだまま逃げようと後ろに下がる。

俺が一歩、奴に向かって歩を進めたその時――

ゼバルドが怯えた表情から一転、邪悪な笑みを浮かべた。

奴は自分の右手の指を噛むと、そこから流れ出た血を、左手に嵌《は》めた指輪に垂《た》らす。

そして血走った目でこちらを睨みつけ、吠えるように叫んだ。

「こ、この愚か者めが！　ワシにはあのお方に頂いた指輪があるのだ‼」

「あのお方？　誰のことだ」

俺が尋ねると、ゼバルドは高笑いする。

「貴様が知る必要はない！　ここで死ぬのだからな‼」

こいつ、只《ただ》の奴隷商人じゃないのか？

俺は、ゼバルドが左手に嵌めている指輪を眺めながら思った。

強力な魔力をそこから感じる。

指輪の赤い宝玉《ほうぎょく》が輝き、ゼバルドを中心に巨大な魔法陣が描《えが》かれると、何かが召喚《しょうかん》されるのを見た。

これは……

「精霊召喚用の魔具か」

あの指輪は、この程度の男でも精霊を呼び出すことが出来るように、必要な魔力と術式を封じ込めてあったのだろう。

よほど高位の魔導士でなければ、そんなものを作ることは出来ない。

そしてじきに、魔法陣から炎の精霊が現れた。

その精霊――炎の巨人はゼバルドの前に立ち、俺を見下ろす。

万が一、用心棒が倒された時のために用意していた、こいつの切り札《ふだ》なのだろう。

俺は肩をすくめて奴に言った。

「やめておけ、後悔《こうかい》するぞ」

「後悔するだと？　馬鹿が、見えんのかこの炎の巨人が！　終わりだ、貴様だけは許さん！　焼き尽《つ》くしてくれるわ!!」

そんなゼバルドの言葉を受けて、奴に使役《しえき》されている炎の巨人が、その口から巨大な炎を吐き出した。

業火《ごうか》が火球となって俺に迫る。

「死ねぇえええいい!!」

ティアナや子供たちの悲鳴が響き渡る。

「レオンさん!!」

「「きゃぁあああ!!」」

だが、その時――

俺の右手は、魔人の炎を受け止めていた。

驚愕《きょうがく》に見開かれていくゼバルドと巨人の瞳。

俺の肩の上には、いつの間にか、小さな炎の精霊が姿を現していた。

フレアだ。

彼女は巨人を見つめながら口を開く。

「馬鹿ね、私のご主人様にお前ごときが敵《かな》うはずないじゃない。消えなさい！」

同時に俺の右手が、真紅の炎に包まれていく。

魔人の炎ではない、フレアの炎が俺の右手に宿っているのだ。

「おぉおおおおお！　うぉらあああ‼」

俺の右拳が、無数の火炎の突きを放つ。

その全てが、炎の巨人の顔に突き刺さり奴を吹き飛ばした。

「ギュァアアアア‼」

吹き飛んだ巨人は、自身の炎よりも遥かに強烈《きょうれつ》な炎に包まれて、地面に着く前に消滅《しょうめつ》した。

同時に、ゼバルドの左手に嵌められた指輪が音を立てて砕け散《ち》る。

地面に散らばる指輪の欠片《かけら》。

「ひっ！　ひぃいいい！　そんな、あのお方に頂いた指輪が‼」

俺は完全に錯乱《さくらん》した様子のゼバルドの前に立ち、尋ねる。

「答えろ、あのお方ってのは誰だ。今回のことに関係しているのか？」

ガルフの件の黒幕はこいつだった。

だが、こいつの後ろにも誰かがいるのなら……

これでケリがついたとは言えないだろう。

そいつの正体《しょうたい》を知っておくべきだ。

俺はゼバルドの前に立ち、じっと見つめる。

「ゼバルド、お前には全て吐いてもらうぞ」

ゼバルドは血走った目で、俺を見上げている。

「き、貴様！　ワシにこんな真似をして、只で済むと思っておるのか？　このワシにはバルウィルド男爵《だんしゃく》様がついておるのだぞ！」

「バルウィルド男爵？　そいつがお前の後ろ盾《だて》か」

思わず相手の名を出してしまったのだろう、俺の言葉にうろたえるゼバルド。

奴隷商人と深い関係があるなんて、貴族としては名誉なことではない。本来ならば、秘密にしておく必要があったはずだ。

それにさっきの指輪。

一介《いっかい》の奴隷商人にしては、過ぎた魔具だ。

恐らく、こいつの後ろ盾になっているその貴族が与えたものなのだろう。

「どんな奴かは知らないが。お前がそいつとの関係をベラベラ喋ったと知れば、いい顔はしないだろうな？」

「ぐっ！　そ、それは……」

「なぜティアナを狙った？　正直《しょうじき》に吐け。それともこれからお前の飼《か》い主のところに出向いて、尋ねてやろうか？」

俺の言葉にゼバルドは慌てて答えた。

「や、やめろ！　ワシにも理由は分からん、その娘の美しさに惹《ひ》かれたのだろう。ハーフエルフでもこれほど美しい娘は少ないからな」

……嘘は言っていないようだな。その男爵とやらはどこかでティアナの姿を見かけたんだろうか。

まぁ、本当は別の理由があるのかもしれないが、今はそれは分からない。

俺はゼバルドに言った。

「お前の主人には諦《あきら》めるように言うんだな。約束通り、証文は書き換えてもらうぞ」

「ぐっ……」

こちらを睨むゼバルド。

だが切り札も失い、もう奴には従うしか道はない。

奴は渋々《しぶしぶ》証文を書き換えながら、こちらを睨みつけてくる。

「こんな真似をして、貴様後悔するぞ」

「いいから、さっさと俺の名前を借用人のところに書いておけ」

ゼバルドが書き終えたところで、俺もサインを入れた。

ついでに奴が言ったように期限は来週だと明記させる。

そんな中、ゼザムとバザムは地面を這いつくばりながら、門まで逃げていた。

「やれやれ、用心棒が雇《やと》い主よりも先に逃げてりゃ世話ないぜ。死神にしては、だらしのない連中だ」

俺は連中の背中を眺めながら、ゼバルドに言った。

「お前もさっさと消えろ。俺の気が変わらないうちにな」

その言葉にフレアが不満げに口を尖《とが》らせる。

「え～！　レオン、いっそのことその証文ごとこいつを丸焼きにしちゃいましょうよ。私に任せて、灰も残らないようにしてあげるから」

そう言ってゼバルドの顔を覗《のぞ》き込むと、不敵《ふてき》な笑みを浮かべる。

さてどうするか。流石にそこまでするつもりはないが……とはいえ、ここは脅しをきかせておいた方がいいだろうな。

俺は肩をすくめるとフレアに答えた。

「いっそそうするか？　その方が面倒が無さそうだからな」

「ひっ！　ひぃいい‼」

俺の脅し文句にゼバルドはもう一度尻もちをついた後、あの二人を追うように姿を消した。

腰を抜かしていた割には逃げ足だけは速い。

「さてと、とりあえずはかたはついたようだな。なあ、ティアナ」

そう言って、俺はティアナたちを振り返る。

「ん？」

ティアナと子供たちが、まるで彫刻《ちょうこく》のように固まっている。

やばい……やりすぎたか？

俺は頭を掻きながら声をかける。

「おい、そんなに怯えるなよ。言っとくけど、証文ごと消すとか冗談《じょうだん》だからな？」

まあ、正直あんな連中は消し去ってさっぱりはしたかったが。

キールが叫ぶ。

「す、すっげえ！　兄ちゃん、凄えよ‼」

「強いです！」

「お兄ちゃん、あいつら追い出したです！」

ミーアとリーアも、大きな獣耳をパタパタと動かしながら、コクンと頷く。

「あ、ありがとう……」

小さな声で俺に礼を言うレナ。

レナはさっきのゼバルドの脅しにすっかり怯えて涙を流していたのだが、俺にそれを見られたのが恥ずかしいのか、ティアナに隠れながらこちらを見ている。

そんな子供たちとは対照的に、ティアナはまだ呆然と俺を見つめていた。

「まあなんだ、教会って場所でやるようなことじゃなかったな。そんな顔するなよティアナ……ちょっとやりすぎたって反省はしてるからさ」

その瞬間――

ティアナは俺に駆け寄り抱きついてきた。

「レオンさんの馬鹿！　私、心配したんです、レオンさんが、レオンさんが怪我《けが》でもしたらって！」

大きな瞳から涙が流れている。

心から心配してくれたのだろう。

相手は二人で、しかもガルフより遥かに強かったからな。

「そんなに泣くなって」

堰《せき》を切ったように泣き続ける、ティアナ。

その姿は小さな子供のようだ。

「私、私……神父様が死んでしまって、どうしたらいいのか分からなくて！　うぁああああん‼」

「お、おいティアナ」

ボロボロと涙を流すティアナの姿。

妹や弟を守る為に必死でやってきたに違いない。

自分がしっかりしなくてはと思って、ずっと我慢していたのだろう。

しかしよく考えれば、彼女だってまだ子供だ。

やれやれだな……

俺は泣きじゃくるティアナをそっと抱き締めながら、しばらくそのままでいることにした。

しばらくすると、ティアナはようやく泣き止んで、恥ずかしそうに俺を見上げてくる。

「あ、あの……ごめんなさい。私……ぐすっ」

美しい瞳にはまだ涙が浮かんでいるが、大分落ち着いたようだ。

子供たちはずっと黙って俺とティアナを眺めていたのだが、ここにきてキールがはやし立てるように口を開いた。

「ティアナ姉ちゃん抱きついてたぜ！」

ミーアとリーアが、大きな耳をピコピコさせる。

「仲良しです！」

「お友達です」

レナはませた表情で言った。

「ミーアもリーアも子供ね。二人はきっと恋人なのよ、愛し合ってるの。王子様とお姫様がこんなふうにしてるのを、絵本で見たことあるもの。そうでしょ？　ティアナお姉ちゃん！」

その言葉にティアナは顔を赤くして言った。

「レナ！　ち、違うわよ。言ったでしょう？　レオンさんは大切なお客様なの、今日は家にお泊まりしてもらうのよ」

俺は頷く。

「ああ、まあ色々あってな。お前たち、よろしく頼《たの》むぜ！」

ミーアとリーアは顔を見合わせてから、俺を見上げる。

そして嬉しそうに尻尾を大きく振ると、ティアナに抱きついてその後ろに隠れ、こちらを覗くようにちょこんと頭を出した。

「お兄ちゃんお泊まりするですか！」

「お客さんです！」

そんな二人を眺めつつ、キールとレナも頷く。

「ちぇ！　仕方ないな。まあ兄ちゃんなら許してやってもいいぜ」

「そ、そうね、本当は知らない人は泊めちゃ駄目なんだけど。レオンなら許してあげるわ」

少し生意気《なまいき》なレナをティアナは叱《しか》る。

「レオンさんでしょ？　レナ」

「いいさ、レオンで。そんな気取《きど》った身分でもないからな。好きなように呼んでくれ」

俺の言葉に、ミーアとリーアがティアナの後ろで笑みを浮かべる。

そして、ちょこちょことこちらに歩いてくると俺を見上げて言った。

「よろしくです、レオンお兄ちゃん！」

「こんにちはです、レオンお兄ちゃん！」

「はは、よろしくなミーア、リーア」

俺が頭を撫でると、二人ともくすぐったそうにしながらも嬉しげに笑う。

そんな二人の様子を見て、溜め息をつくティアナ。

「もう……貴方たちまで」

「そう言うなって、ティアナ。改めてよろしくな」

「は、はい！　レオンさん、よろしくお願いします！」

子供たちは、俺の肩の上に座っているフレアにも興味津々《しんしん》の様子だ。

特にミーアとリーアはキラキラと目を輝かせている。

「可愛いです！」

「妖精《ようせい》さんです」

「な、何よ。妖精じゃないわよ、精霊よ！　せ・い・れ・い。失礼しちゃうわね」

ジッと見つめられ、フレアは少し戸惑《とまど》ったように言う。

「怒ったです……」

「ごめんなさいです」

しかしミーアとリーアがシュンとしてしまったのを見て、溜め息をついた。

そして二人の間にすっと飛んでいく。

「怒ってないわよ。いいわ、精霊でも妖精でも好きに呼びなさいよ」

俺を真似してそう言うフレア。

それを聞いて子供たちは再び目を輝かせた。

そんな中、騒《さわ》ぎが気になったのか風の精霊シルフィが姿を現した。

「甘いわね、フレア」

そして、子供たちの前で華麗《かれい》にくるっと一回転すると講釈《こうしゃく》をたれようとする。

「いいこと、貴方たち。そもそも、精霊っていうのは……」

「はわ！　違う妖精さんです」

「お羽根が生えてます！」

「ちょ、精霊って言ってるでしょ。貴方たち、人の話を聞いてるの？」

フレアの隣に現れたシルフィの姿を見て、ますます目を輝かせるリーアとミーア。

尻尾を大きく振って精霊たちの周りを駆け回る。

「妖精さんが二人です！」

「二人とも可愛いです！」

「か、可愛い？　まあ当然ね」

シルフィはツンとしながらも、満更《まんざら》でもない表情で胸を張る。

まったく、褒《ほ》められるとすぐに調子に乗るのはフレアと同じだな。

そしてしばらくすると、すっかり子供たちと仲良くなったのか、フレアはリーアの肩に、シルフィはミーアの肩の上に乗って遊び始めた。

キールもレナも、先程の物騒な連中との出来事を忘れたように、無邪気《むじゃき》な笑顔を見せている。

そんな騒がしい中、ティアナは夕日に照《て》らされながら、嬉しそうに微笑んでいた。

「あの子たちったら、あんなにはしゃいで」

その表情を見た時に、俺は昔を――二千年前のことを思い出した。

そういえばかつて水の女神と呼ばれたアクアリーテとも、こんなやり取りをした覚えがある。

俺はティアナに思わず問いかけた。

「なあティアナ。俺のこの右手の紋章、これと同じ紋章を持った女を知らないか？　紋章の色は俺と違って青いんだが……」

あいつの青い英雄紋、俺のようにそれを持ってこの時代に生まれてきていれば、やはりまた聖女として扱われている可能性は高い。となると、もしかしたらティアナは知っているかもしれない。

俺はティアナの前に自分の右手の甲を差し出して、赤く輝く英雄紋を見せる。

ティアナは紋章を見つめていたが、申し訳なさそうな顔で首を横に振った。

「ごめんなさい、私には見覚えがありません。何の紋章なんですか？　レオンさん」

「そうか、いや悪かったな。知らないならいいんだ」

俺はそう言って、しばらく夕日を眺めていた。

あいつがやっていた孤児院は、俺たちがいなくなってどうなっちまったのか……

だが、二千年前の話だ。

もう確認するすべもない。

「レオンさん……？」

「ん？」

ティアナが俺を見つめている。

「私、頑張ってお金を稼ぎます。お借りしたお金は必ずお返ししますから」

「気にするなって、俺が勝手にやったことだからな」

ティアナは首を横に振った。

「でも、そんなわけには……私もレオンさんと一緒にお仕事をしたら駄目ですか？　ヒーラーとしてなら自信はあるんです！」

金貨九枚か。

確かに、知らない人間に借りるには大きすぎる金額だ。

あの金貨一枚は元々ティアナの稼いだ金だが、今回の金は違うからな。

まだ出会ったばかりだけど、ティアナのことだ。はいそうですかとあっさり受け取るとも思えなかった。

「どうするか……」

連中もあれだけ脅せば、ここに直接顔を出すこともないはずだ。

そもそも、連中の狙いはティアナだ。

その意味では、しばらくは俺のそばにいた方が安全だろう。

孤児院に関しては、必要ならば、念のためにフレアかシルフィをボディガードとして置いていけばいい。

「そうだな。分かった、ティアナ。じゃあ一緒にパーティでも組むか？」

「本当ですか！」

ティアナの言葉に俺は頷いた。

「ああ、この国の冒険者の仕事は詳《くわ》しくないからな。ティアナがいてくれると助かる」

「あ、ありがとうございます！　私頑張りますから‼」

ティアナは、俺の右手をしっかりと握りしめてきた。

するとそれを見て、キールがティアナをからかうように言った。

「へへ、ティアナ姉ちゃん真《ま》っ赤《か》になってるぞ！」

「なってるです！」

「お姉ちゃん顔が赤いです！」

いつの間にか戻ってきていたミーアとリーアも、小さな体でティアナを見上げて嬉しそうに言う。

レナがコホンと咳《せき》ばらいをして、大人ぶった様子でミーアたちに言った。

「やっぱり二人は恋人同士なのよ。きっとキスするわよ、絵本でも抱き合って見つめ合った後にキスしてたもの」

「レナ！　き、キスなんてするわけないでしょう‼　そんなこと言ったら、レオンさんに迷惑だわ！」

「俺は別に迷惑じゃないぜ？　ティアナがしたいなら構わないけどな」

俺の冗談に、ティアナはさらに真っ赤な顔になって叫ぶ。

「レオンさんの馬鹿！」

「はは、悪かったって。まあとにかく明日からよろしく頼むぜ、ティアナ」

ティアナは俺と目が合うと、恥ずかしそうに微笑んで再び俺に手を差し出した。

俺はその手を、しっかりと握るのだった。

4 夜更《よふ》けの来訪者

「さあ、どうぞ。入ってくださいレオンさん」

ティアナはそう言って、夕日が窓から差し込む教会へと、俺を招《まね》き入れる。

古びた教会だが、聖堂と住む場所が分かれていて、しっかりした造《つく》りになっている。

「へえ、中は綺麗なものだな」

住む者たちがここを大切に扱ってきたのが分かる。

俺の言葉に、キールが不満そうに言った。

「何だよレオン！　それじゃあ外は汚いみたいだろ？」

「はは、悪い悪い」

「ちぇ、古くても俺たちにとっては大事な家なんだからな！」

キールは、文句を言いながらも楽しそうに笑っている。

客を招くことなど久しぶりなのだろう。

ミーアもリーアも、ちょこちょこと俺の後をついてくる。

そのたびに大きな尻尾が左右に揺れて可愛いものだ。

気を取られていたのだろう、ちょっとした段差に足を取られてつまずくミーア。

「きゃう‼」

「ミーア！」

ティアナが慌てて駆け寄った。

だが、その時にはミーアは俺が抱き上げていた。

いつ動いたのか見えなかったのだろう、ミーアは目を丸くしてこちらを見つめている。

「こら、あぶないぞ？　チビ助」

「はう。レオンお兄ちゃん、ありがとです！」

ミーアは耳をパタパタさせながらお礼を言った。

一方でリーアは、俺がミーアを抱き上げているのを、指を咥《くわ》えて眺めていた。

「ミーア、抱っこしてもらってるです」

羨《うらや》ましそうにこちらを見つめるリーア。

そんな彼女の反応に、ティアナが苦笑《くしょう》する。

「リーアったら……ごめんなさい、レオンさん」

どうやら、神父もよく、二人を抱きかかえて、あやしていたらしい。

リーアはミーアを腕に抱いている俺を見て、そんな姿を思い出したのかもしれない。

指を咥えてこちらを見上げているリーアに、俺は問いかける。

「お前も来るか？」

その言葉にリーアはコクンと頷いたので、俺はそのまま、ひょいっと抱き上げてやる。

「ほらよ」

「はう！　お兄ちゃん力持ちです」

嬉しそうにはしゃぐリーア。

それを見たティアナはとても幸せそうに微笑み、リーアとミーアの頭を撫でてあげている。

「ありがとうございます。レオンさんって、子供の扱いに慣れてるんですね。リーアやミーアが初めてのお客様にこんなに懐《なつ》くなんて、今までなかったもの」

「ん？　ああ、昔同じようなことがあってな……」

昔といっても、二千年前の話だけどな。

まぁ、とても信じてはもらえないだろうから、それは言わないでおこう。

俺は少し昔を思い出しながら、窓の外の夕暮れの空を眺める。

ティアナは傍《そば》に立って俺を見つめていた。

「レオンさんって不思議な人。歳《とし》だって私とそんなに変わらないのに、時々とても大人に見えるし。強くって優しくて、とっても素敵な人だなって」

そう言ってから、ティアナは真っ赤になった。

「あ、あの、今のはそういう意味じゃなくて。えっと、えっと……」

「はは、分かってるさ。ティアナ」

自分とさほど違わない年齢にもかかわらず、大人のような雰囲気で頼りになるってことだろう。

まあ二千年前は大人だったから、精神年齢的には前世での年齢＋今の年齢ってことで、ティアナからしたら相当年上だ。当然と言えば当然なんだが。

神父が亡くなって、ずっと一人で弟や妹たちを守り続けてきたティアナにとって、頼りになる男性というのは久しく身近にいなかったんだろう。

そんな会話をする俺とティアナの間に、シルフィが割り込んできたかと思うと、ティアナの顔の前で羽ばたきながら腰に手を当てる。

「いいこと？　念のために言っときますけど、私のレオンに手を出したら許さないわよ。レオンは私の恋人なんだから」

「え⁉」

シルフィの言葉に戸惑うティアナの様子を見つつ、俺は首を傾げる。

「おい、いつ俺がお前の恋人になったんだ？」

全く記憶にない。

「だって！　レオン言ったじゃない？　お前が俺には必要だって。だから契約してあげたのに」

それを聞いてフレアが肩をすくめた。

「それ、私も言われたわよ？」

「え？　ちょっと！　何それ、レオンったら酷い！　誰にでも言ってるの？」

ちょっと待て。

まるで、誰にでも言い寄る女癖《おんなぐせ》が悪いヤツみたいになっているんだが。

「おい、いつ俺がそんなことを言ったんだ。お前たちと契約を交わす時に『古《いにしえ》の約定《やくじょう》に従って、お前の力を貸してくれ』って言ったことは覚えているが」

「同じじゃない！　それってつまり、私のことが必要ってことでしょ？」

シルフィがぷんすか怒りながらそう言うが、どこが同じなんだ？

それに、あれは精霊と契約を結《むす》ぶ時の定型文のようなものである。

子供のように頬を膨らませて拗《す》ねるシルフィを見て、俺とティアナは顔を見合わせて笑ってしまった。

しばらくむくれていたシルフィも、俺の肩の上に座っているうちに機嫌《きげん》を直す。

「まあいいわ。レオンが私に夢中なのは分かってるんだから」

気まぐれな風の精霊は、そう言って大きく背伸びをする。

「へいへい、左様《さよう》でございますか」

まあ、夢中かどうかは別として、信頼出来る仲間であることは確かだけどな。

俺の返事を聞くと、シルフィは満足したようにフレアと共に姿を消した。

再び窓の外を見れば、夕日は沈《しず》み、すっかり暗くなっている。

居住スペースに移り、ティアナが夕食を作ってくれている間、俺は子供たちと遊んで待っていた。

手伝おうかとも思ったんだが、断られてしまったのだ。

そうして料理が出来上がり、皆で食卓を囲む。

ティアナが、俺との出会いと今日の糧《かて》を与えてくれた感謝の祈りを神に捧《ささ》げてから、大人数での夕食が始まった。

「へえ。このスープ、美味《おい》しそうだけど本当にティアナが作ったのか？」

「は、はい。ただの野菜と魚のスープですけど」

庭で採《と》れた芋《いも》をはじめとする野菜、そして昼の間にキールやレナたちが小川で採ってきた魚を使っているらしい。

彼女たちが用意出来る精一杯《せいいっぱい》の材料で、俺をもてなそうとしてくれているのが分かる。

キールは胸を張って言う。

「ティアナ姉ちゃんは料理が上手《うま》いんだぜ。神父様がいつも言ってたからな、ティアナ姉ちゃんを嫁《よめ》にする男は幸せだって」

「き、キール！」

ティアナは恥ずかしそうに俯《うつむ》く。

「ごめんなさい。せっかくレオンさんが来てくれたのに、こんなものしかなくて」

「はは、十分すぎるさ。それに、ティアナがここに連れてきてくれなきゃ、今日は宿なしだったかもしれないんだからな」

俺はそう言いながら野菜と魚のスープを口にした。

確かに質素なものかもしれないが、干《ほ》した魚でとったのであろうダシがしっかりと香る。

これは――

「あ、あの……どうですか？　レオンさん」

「へえ！　驚いた。こりゃあ美味《うま》いなティアナ！」

「本当ですか⁉」

大したもんだ。

キールが言う通り、ティアナを嫁さんにした奴は幸せだろう。

俺はあっという間にスープを平《たい》らげる。

それを見て目を丸くする子供たち。

「レオンたら、もう食べちゃったの？」

「すっげえ。レオン、強いだけじゃなくて沢山食うんだな！」

「はう、凄いです！」

　俺は頭を掻きながら答える。

「悪いな、すっかり腹が減《へ》っちまってさ」

「いいんです。おかわりなら、まだまだいっぱいありますから！」

　ティアナは嬉しそうにおかわりをよそってくれる。

　それから、子供たちの今日あったことだとか、この教会での普段の暮らしだとか、色々なことを話した。

　そうして気が付いたら、夜もすっかり更《ふ》けていた。

　ティアナは俺に頭を下げる。

「こんなものしか用意出来なくて、笑われたらどうしようって思ったけど……思い切って家に招待して良かったです。こんなに楽しい夜は久しぶりです！　本当にありがとうございました」

「はは、こっちこそすっかり世話になっちまった。さてと、明日はギルドに行って仕事を探《さが》さないとな。そろそろ寝るとするか」

　俺の言葉にティアナは頷く。

「はい、分かりました。そしたら、レオンさんは奥の客間のベッドを使ってください」

　俺はティアナに案内されて客間に向かう。

客間に人が来るのが久しぶりで嬉しいのだろうか、子供たちも一緒についてくる。

ティアナは腰に手を当てて、弟妹たちに言う。

「もう！　貴方たちは向こうのお部屋でしょ？」

「え～、俺もこの部屋でレオンと一緒に寝るぜ」

「ミーアも一緒に寝るです！」

「リーアもです！」

はしゃぐキールたちとは対照的に、レナだけはあきれ顔でキールに言った。

「まったく、キールまでなに子供みたいなこと言ってるのよ。ミーアもリーアもさっさとレオンにおやすみを言いなさい、私たちの部屋に行くわよ」

そんな中、チビ助たちはベッドによじ登って、横になってしまう。

「レオン、お父さんみたいです」

「一緒に寝たいです！」

そう言って布団に潜《もぐ》り込むと、頭だけ出して獣耳をピコンと立てる。

ティアナはそれを見て、困ったように溜め息をついた。

お父さんっていうのは、本当の親じゃなくて神父のことだろう。

妹たちの幸せそうな表情を見て、ティアナは叱るに叱れないようだ。

そして申し訳なさそうに、俺に耳打ちしてきた。

「この子たち、神父様が亡くなったことをまだよく分かってなくて。いつか、きっと帰ってくると思ってるんです」

なるほど、きっと寂《さび》しいのだろう。

どうして急に、父親が自分たちの前からいなくなってしまったのかが分からなくて、不安なはずだ。

「ごめんなさい、レオンさん。私がしっかり言い聞かせますから」

そして、ティアナはそう謝ってくるが、俺は首を横に振った。

「いいさ。チビ助たちの方に向き直って言う。

「いいさ。チビども！　今日は一緒に寝るか」

「ほんとですか！」

「一緒に寝るです！」

ベッドの上ではしゃぐチビ助たち。

俺は笑いながら、困惑するティアナにウインクする。

「ま、そういうことだから気にするな」

「……いいんですか？　レオンさん」

「ああ、言っただろう？　子供には慣れてるってな」

「ありがとうございます！　本当にごめんなさい、食事の片付けが終わったら様子を見にまた来ますから」

ティアナは俺に頭を下げて、キールとレナを連れて部屋を出ていった。

二人を寝かしつけて、それから食事の片付けをするつもりなのだろう。

しばらくすると、はしゃいでいたリーアとミーアも疲れたのか、俺の傍であくびをしながら目をとろんとさせている。

そして、気が付くと安らかな寝息を立て始めた。

「はは、ようやく大人しくなったな」

俺はそう言って二人の頭を撫でた。

それから、二人の邪魔にならないよう、ベッドの端《はし》の方に横になる。

三十分ほどすると、ティアナがやってくる静かな足音が聞こえた。

もう、俺たちが眠っているかもしれないと思ったのだろう。

妹や俺が寝入《ねい》っていれば、自分の部屋に戻って休むつもりに違いない。

俺はティアナに余計な気を使わせないために、眠ったふりをした。

今日は一日中働き通しだっただろうから、早く休んで欲しいしな。

案の定《じょう》、ティアナは俺やリーアたちが寝息を立てているのを確認すると、安心したように妹たちの頭を撫でる。

「リーアもミーアも、とても幸せそうな顔して。レオンさんて本当に不思議な人」

そう言うと、ベッドの脇《わき》に座って静かに祈る。

きっと今日の出来事を、神に感謝しているのだろう。

うっすらと目を開けてみれば、祈りを捧げるティアナの姿は、とても神聖で美しかった。

堕落《だらく》した聖職者も多い中で、これほど無垢《むく》な魂《たましい》の持ち主は珍《めずら》しいだろう。

きっとティアナは、ヒーラーとして相当優秀《ゆうしゅう》なんだろうな。ヒーラーには素養として神の加護《かご》が必要だし、そもそもそろそろAランクになるというガルフのパーティでも働けていたみたいだし。

そうしてしばらく祈りを捧げた後、ティアナはもう一度妹たちの頭を撫でて、部屋を出るために立ち上がろうとした。

しかしその時——

俺はばっと起き上がり、ティアナの腕を掴んで抱き寄せる。

目と鼻の先にあるティアナの顔は、突然のことに頬が真っ赤になり、目が見開かれている。

「あ、あの……」

「ティアナ、声を立てるな」

俺はティアナが声を出さないように、その唇に指を当て、耳元で囁いた。

「誰かがこの家の外にいる。ティアナ、お前は子供たちの傍にいろ」

「レオンさん……」

驚いたように、囁き返すティアナ。

同時に、俺の左右にフレアとシルフィが姿を現す。

「フレア、シルフィ、ティアナたちを頼んだぞ。俺はこんな夜更けにやってきた客が誰なのか確かめてくる」

家の外から感じる気配は異様《いよう》なものだ。

それが一体何者なのか、確認をしておいた方がいいだろう。

俺の言葉にフレアとシルフィは頷いた。

「分かったわ、レオン」

「任せて。でも気を付けてよ、妙な気配だわ」

「ああ。そもそも、こんな時間にやってくるくらいだからな。まともな用向きじゃなさそうだ」

俺たちの会話を聞いて、ティアナが不安そうにする。

「レオンさん」

「そんな顔するな、ティアナ。すぐ帰ってくるからさ」

俺はそう囁くと、そっとベッドを下りた。

そして、音を立てないようにして部屋を出る。

廊下を通り、聖堂の中を進み、扉を開け外に一歩踏み出した。

教会の扉から門まで続く石畳の道の途中、昼間に胸を穿《うが》たれた二体の天使像の間に、その男は立っていた。

月光のような銀色の髪、そしてそれと同じ色の瞳。

見た感じ年齢は二十代後半だろう、背が高く整った顔立ちの男だ。

いや、整ったと言うよりは、まるで人形のような顔をしてやがる。

俺は男に問いかける。

「よう、人の家を訪ねるにしては不躾《ぶしつけ》な時間だと思わないか？」

「ふふふ、ゼバルドから貴方のことを聞いて、気になりましてね。死神と呼ばれる双子を倒し、私が与えた精霊の指輪まで砕いた男のことが」

やはりな。

こんな深夜にわざわざやってくるなんて、今日の昼間の出来事に絡《から》んだ奴としか思えない。

しかし予想外だったな。

連中をあれだけ脅したから、わざわざ俺の前に現れるとは思わなかったが。

それに、恐らくこいつは……

「お前が、バルウィルド男爵か？」

「ええ、お初にお目にかかります。確か貴方はレオンさんと仰《おっしゃ》るのでしたね」

やっぱりそうか。

見た目の雰囲気、そして立ち居振る舞い。

洗練《せんれん》された大国の都に住む貴族、見るからにそんな感じだ。

そんな貴族サマが、自《みずか》らこんな場所にやってくる理由は分からない。

だが、それよりも……

「おかしな野郎だ。なぜ人の皮を被《かぶ》ってやがる？」

男爵が、俺の言葉を聞いて笑みを浮かべた。

まるで三日月《みかづき》のように、口の端が吊《つ》り上がる。

人形みたいな顔をした男に、初めて感情が浮かんだ瞬間だった。

「分かりますか？」

「ああ、内側から感じるドス黒い気配と、見た目が違いすぎる。何者だてめえ？　なぜテイアナを狙った」

俺の返答を受けて、男爵は先程よりも邪悪な笑みになっていく。

そして徐々に、低く、だが癇《かん》に障《さわ》る笑い声が辺りに響いていった。

「クククッ、まさか一目で正体を見抜く人間がいるとは……やはり、ここで殺しておいた方が良さそうですね」

その言葉と共に、奴の背中に黒く大きな翼が生えてくる。

異様な気配からして、もしやとは思っていたが――

「なるほどな、やはり闇《やみ》の眷属《けんぞく》、それも高位魔族のヴァンパイアか。道理でティアナにこだわるわけだ」

そう、この男の正体はヴァンパイアだ。

人の社会に紛れ込み人間を装って生きる種族である。

連中は二千年前にも存在した。

こいつらなら、奴隷商人と結託《けったく》しているのも納得だ。

何せ、騒ぎにならぬように、定期的に獲物《えもの》を手に入れることが出来るからな。

一人や二人の獲物なら欲望に任せて襲えばいいが、長く人間社会に潜もうとすればそうはいかない。そこで奴隷商を利用していたのだろう。

一見華やかな、しかし一方では汚れきった大国の都は、こいつにとっては格好の住処《すみか》だったと見える。

そしてヴァンパイアという連中は趣味《しゅみ》が悪く、聖職者を狙うことが多いのだ。

「ええ。あれほど美しく、魂まで清らかな乙女《おとめ》が、我ら魔族に血を吸われ、神に助けを求めながら堕落してゆく。ゾクゾクしませんか？　一度貴方も試してみたらいい、最高の快楽ですよ」

月光を背にして立つ男爵を、俺は静かに睨む。

「断る。悪いが俺にはそんな趣味はないんでな」

「ふふ、それは残念です。私としても、直接出てくるなんて真似はしたくなかったのですが、あの娘だけはどうしても手に入れたいのでね。邪魔をするのならば死んでもらいますよ」

どうやらリスクを冒《おか》してまで姿を現したのは、メンツを潰《つぶ》した俺を消すことよりも、ティアナを手に入れたいという理由が大きいようだな。

それほどまでにティアナに執心《しゅうしん》しているのだろう。

バルウィルド男爵は翼を大きく広げて言った。

「ふふふ、あのティアナという娘は只の獲物ではない。私の新たな妃《きさき》として育てるつもりなのです。我《わ》がガーディアンであるこの女のようにね」

いつの間にか、男爵が示す先に一人の女が立っていた。

音もなく、月光が輝く空から舞い降りてきたのだ。

悪魔のような翼に、黒い衣装の主とは対照的な白い鎧《よろい》を身に纏った女騎士。

年齢はせいぜい十六歳ぐらいに見えるが、もしも奴の眷属にされているのならば、見た目の年齢は当てにならない。眷属となった者は、奴と同様に不老《ふろう》となるからだ。

女が顔を上げると、その際立《きわだ》った美貌《びぼう》が月光に照らされる。

ぞくりとするほどの美しさだった。

しかしその目は淀《よど》み、光を捉《とら》えていないようにも見える。

女はバルウィルドの前に立つと、俺に対して静かに剣を構えた。

その後ろで、男爵が笑みを浮かべながら俺に言った。

「ギルドでの顛末《てんまつ》を聞きましたが、全くの無関係であるティアナを助けるとは、貴方は女には甘いご様子。そうでなくてもロザミアは手強《てごわ》いですよ、貴方に倒せますか？」

この眷属はロザミアと言うのか。

俺は腰に提げた剣を抜いた。

「試してみるか？　女の後ろにこそこそと隠れるような野郎に、俺は負けるつもりはない」

俺の言葉に男爵は不敵な笑みを浮かべる。

「言ったはずですよ、まずはロザミアに相手をさせると。彼女は死ぬまで私の為に戦います、貴方に女が殺せますか？」

バルウィルドはそう言うと、ロザミアと呼ばれた少女の背後に歩み寄る。

そして、その首筋《くびすじ》に深く己の牙を食い込ませた。

ビクンと震えるロザミアの体。

正気を取り戻したかのように、瞳に一瞬光が戻る。

美しい女騎士は歯を食いしばった。

「こ、殺せ！　お前のような男にこれ以上使役されるぐらいなら、死んだ方がましだ！」

だが体は思い通りにならないのか、剣を持つ手が震えている。

男爵は、ロザミアの背後から俺を見つめながら邪悪な笑みを浮かべた。

「分かりますか？　彼女の意思はまだ完全に奪ってはいない。私が血を吸う瞬間とその前後のわずかな時間にだけ、正気に戻るのです」

「くっ、うう……」

ロザミアは、自らを使役する男への憎悪《ぞうお》にその美貌を歪《ゆが》ませる。

男爵は、それを嘲笑った。

「この女とその父親は、ある国の聖騎士でしてね。特にこの娘は天才と名高い剣士だった。当時その国の貴族に紛れ込んでいた私を魔族だと見抜き、兵を率《ひき》いて殺しに来たのです」

男爵は目の前の女を得た時のことを、自慢するがごとく続ける。

「この娘の剣、それはまさに神業《かみわざ》だった。たかが人間ごときに、あそこまで追い詰められたのは初めてでしたよ……ですが、この娘の父親がヘマをした。倒れたふりをした私のもとに、止《とど》めを刺そうと飛び込んできたのです。結局この娘は父親を見捨てることが出来なかった」

「くっ……私はお前を許さぬ！」

その時の記憶が蘇《よみがえ》ったのか、ロザミアの瞳に怒りが燃え上がる。

恐らく、止めを刺そうとした父親がバルウィルドの手に落ち人質《ひとじち》に取られ、ロザミアは抵抗出来なかったのだろう。

男爵は再び、ロザミアの白いうなじに牙を食い込ませる。

ロザミアが痙攣《けいれん》し、その首筋から美しい血が一筋《ひとすじ》流れ落ちる。

「ふふふ、哀《あわ》れなものです。この娘は私に血を吸われるたびに、父親を殺した男に使役されていることを思い知らされる。神に仕《つか》える聖騎士にとっては、死ぬことなどよりも遥かに苦痛を伴《ともな》うでしょう」

ロザミアの涙が一滴地面に零れ落ちた。

俺を見つめるその瞳。

彼女は震える唇を必死に動かす。

「こ、殺してくれ。私を殺して‼」

魂の奥底から湧《わ》き上がるような、少女の懇願《こんがん》の声。

次の瞬間、全ての感情が少女の顔から失われた。

男爵の牙が、その首筋から抜かれている。

邪悪なヴァンパイアの声が辺りに響く。

「貴方にこの女が斬れますか？　……ふふ、そんな問いは意味がありませんね。たとえ全力で戦ったとしても、聖騎士としての元々の実力に加え、我が眷属と化したことで身体能力の増したロザミアに勝てるとは思えない。本当の死神の力を知ってしまえば、あの双子など死神と呼ぶのもおこがましい」

楽しそうにそう語る男爵に、俺は静かに答えた。

「言いたいことはそれだけか？　お前はすぐに地獄《じごく》に行くことになる。言い残すことがあるならば、今のうちに全て言っておけ。後悔するぞ」

そんな俺の言葉で、バルウィルドの表情が変わった。

それまでは余裕ぶっていたのが、怒りに満ちていく。

「貴様……何を聞いていた。たかが人間ごときがいい気になりおって！　ロザミア、その男を殺せぇええい‼」

傲慢さと怒りに歪んだバルウィルドの顔。

やはり本性《ほんしょう》をむき出しにしたこの顔の方が、こいつには相応《ふさわ》しい。

そんなことを考える俺へと、ロザミアが凄まじい速さで突《つ》っ込《こ》んでくる。

奴が言う通り、その速さはあの双子の比ではない。

連続して放たれる見事な突きが、無数の残像を作り出した。

ギギギィイイイン‼

俺とロザミアの剣が幾度《いくど》となく激突《げきとつ》し、その一本が折れ、月光の中を宙に舞う。

そして次の瞬間――

「うがぁあああああああ‼！」

つんざくような悲鳴が、闇を切り裂いた。

……黒い翼を切り落とされた男爵の悲鳴が。

「ば、馬鹿な。こ、この技は倒魔人の……」

「ほう、知ってるのか？　俺たちの技のことを」

奴は見たのだろう。

俺が一瞬の攻防でロザミアの剣をへし折り、一気にバルウィルドの目の前に迫ったのを。

そして、同時に奴の翼を切り裂いた俺の技を。

通常の剣でつけられた傷ならば、ヴァンパイアであればすぐに再生する。

だが俺の技で切り裂かれた傷は、元に戻ることはない。

俺の右手には真紅の紋章が、今までにないほどの強い輝きを見せている。

「馬鹿な……そんな馬鹿な！　その紋章は！　四英雄だと‼」

どうやらゼバルドの報告では、俺の紋章の形については言及《げんきゅう》されなかったらしい。

まぁ、倒魔人の存在を知っているのならば、この紋章を知っていてもおかしくないだろう。

だが、いくらヴァンパイアが不老だからといって、二千年は生きられなかったはず。

なぜ四英雄のことを知っているんだ？

「バルウィルド、なぜお前が倒魔人のことを知っている？　そしてこの紋章のことも。地獄に行く前に話してもらうぞ」

「ぐぅ！　そ、それは……」

血走った目で呻く男爵の姿。

その時──

教会の扉が開き、ティアナが姿を現した。

「レオンさん！」

帰ってこない俺のことが心配になったのだろう。

ティアナは、ロザミアやバルウィルドの姿を見て呆然と立ち尽くす。

それも当然だ、ヴァンパイアなど、普通に生きていて目にすることはないのだから。

男爵は勝ち誇ったように笑った。

「ふは！　ふはは！　愚かな女だ。ロザミア、その女の血を吸え‼」

そう叫んで、俺に言う。

「くはは！　ロザミアを殺さなかったお前の失敗だな！　あのハーフエルフが我が眷属となれば、俺を殺せまい？　主を失った眷属がどうなるか、お前なら知っているだろうが！」

バルウィルドは、邪悪に歪んだ表情で言い放った。

「徐々に理性を失い、血に飢えた只の殺人鬼と化す。ふは、ふはは！　神に仕えるあの娘にとっては地獄だろうなぁああ‼」

どうやら俺を焦《あせ》らせたいらしいが、俺は静かにバルウィルドを眺めながら答えた。

「やってみろ。言ったはずだぞ、地獄に行くのは貴様だとな」

「ひっ！　ひぃいいい‼」

燃え上がるように輝く俺の紋章を見て、バルウィルドは余裕の笑みから一転、尻もちをついた。

俺の右手の剣が闘気で強烈に輝いていく。

「やめろ！　やめろぉおおお！」

「おぉおおおおお！」

次の瞬間、男爵の体は俺の剣で十字に切り裂かれた。

「うぐぁあああああああ‼」

切り裂かれながら、断末魔《だんまつま》の叫びを上げる男爵。

ティアナに迫っていたロザミアの方を見ると、その動きはぴたりと止まっている。

俺が主に致命傷《ちめいしょう》を負わせたからだ。

まぁ、ティアナの傍にはフレアがいるから、万が一はなかっただろうが。ちなみにシルフィがいないのは、教会の中で子供たちを守っているからだろう。

俺の剣で切り裂かれたバルウィルドは、まるで溶《と》けるように地面に崩れていく。

人の皮を被った、吸血鬼の最後の姿だ。

「お、おのれ……知りたくはないのか？　なぜ俺が四英雄のことを……その紋章のことを知っているのかを！」

「くだらんことは気にせずに地獄に落ちろ」

ティアナに危険が迫るような状況にしてまで、知る価値はない。

次第に崩れていく男爵は、まるで呪いの言葉を吐くように低く笑いながら俺に言った。

「こ、後悔するぞ……俺は、その紋章を持つ者を他にも知っている。ふはは、いずれお前は……」

言いながら完全に崩れた体は、最後に燃え上がり消滅する。

俺はそれを見ながら、奴が最後に言いかけていた予想外の言葉を呆然と反芻《はんすう》していた。

「俺以外に、この紋章を持つ者を知っているだと？」

やはり、仲間がこの時代に転生しているのか？

それとも奴の単なる戯言《ざれごと》なのか。

考え込みかけた、その時――

「レオンさん‼」

ティアナの叫び声がする。

俺は、奴の言葉を頭から振り払い彼女のもとに駆け寄った。

「どうした？　ティアナ」

「は、はい。この女の人がとても苦しそうで、治療魔法をかけたんですけど……全く効かないんです」

だろうな、ロザミアはヴァンパイアだ。

通常の治療魔法など意味はない。

俺はロザミアを腕に抱いた。

美しい女騎士は、苦しそうにしながらも笑みを浮かべる。

「わ、私を殺してくれ。貴方なら出来るだろう？　奴が言っていたように、私が只の血に飢えた殺人鬼に変わってしまう前に」

ロザミアの額には黒い紋章が浮き上がっている。

これはヴァンパイアの眷属にされた者の証だ。通常は主の意思で隠すことも出来るが、主が死ねば自然と浮き出てくる。

フレアが俺に尋ねる。

「どうするの、レオン？　こうなったら厄介よ」

「ああ、確かにな」

俺は剣を構えた。

それを見て、ロザミアは微笑みながら目を閉じる。

「これでやっと父上のところに行ける――レオン殿《どの》といったな、貴方に感謝する」

ティアナが俺を見つめている。

「レオンさん……」

その懇願するような目に、俺は構えを解《と》き、剣を収めた。

久しぶりにやってみるか。

ロザミアがこれを望むのかは分からない。

だが、彼女が吸血鬼に堕《お》ちた理由を考えれば、このまま命を絶つ気には俺もなれなかった。

「動くなよ、ロザミア」

俺の言葉に、そっと目を開けるロザミア。

「一体何を？」

「お前の主人を変更出来るか確かめる」

苦しそうにしながらも、首を傾げるロザミア。

俺が言っていることの意味が分からないのだろう。

月光に照らし出された顔は美しい。

俺は彼女をそっと抱き締める。

そして、全身から溢れる闘気で、ロザミアを包んでいった。

「はぁう……」

ビクンとロザミアの体が震えて、その唇から吐息《といき》が漏《も》れる。

これは、ヴァンパイアの強力な支配を破るための唯一の技だ。

俺は闘気でロザミアの中の邪悪な血を浄化《じょうか》しつつ、状態を探《さぐ》っていく。

「……どうやら、まだ何とかなりそうだな」

完全に奴の眷属にされていれば望みはない。

だが、奴はロザミアを苦しめる為に、その精神までは破壊《はかい》していなかった。

ロザミア次第だが、今ならまだ望みはあるだろう。

俺はロザミアから体を離して尋ねた。

「無理にとは言わない。だがもし生きていたいと望むのならば、この手を掴め」

紋章が輝く右手を俺はロザミアに差し出した。

それを見て、ロザミアは穏《おだ》やかに微笑む。

「それは、貴方を新しい主人にせよということなのか？」

「ああ。悪いな、こんな選択肢しかなくて。お前が選んでくれ、ロザミア」

彼女なりの想《おも》いがあるはずだ、生を選択することが幸せなのかどうなのかを、俺が決めることは出来ない。

もしも全てを終わりにしたいというのなら、せめて苦しまぬようにしてやるしかないだろう。

闘気によって肉体は浄化出来るが、魂を呪いから解放するのはロザミアの意志が必要だ。生きようとする彼女自身の強い意志の力が。

俺の言葉にロザミアは黙って月を眺めていた。

そして、しばらくすると静かに口を開く。

「レオン殿、本当に私はこの呪わしい運命から逃れられるのか？　血に飢えた只の獣に堕ちてしまうのではと、怖《こわ》いんだ」

「ああ。だが、奴のくびきから解き放たれるには苦痛を伴う。それに耐えられるかは……お前次第だ」

ロザミアは俺を見つめた。

騎士というよりは、年相応の娘の顔で。

「……父上は笑うだろうか、こんな姿になっても浅ましく生きようとする娘のことを」

「笑いやしないさ。俺が父親なら、娘が生きていてくれることを誰よりも強く願うだろう」

今のロザミアにとっては陳腐《ちんぷ》なセリフかもしれないが、もし俺が父親なら娘が死を選ぶことなど望みはしない。

ましてや、自分の為に闇に堕ちた娘のことを。

ロザミアは俺の手を取り握りしめた。

「やってくれレオン殿。私は生きたい……まだ生きていたい‼」

騎士という鎧の中に隠された、少女の切《せつ》なる願い。

それを聞き届け、俺は頷いた。

「ああ、ロザミア。分かった！」

強い意志を感じる。

呪いを打ち破るのに十分な力を。

その瞬間、ティアナが声を上げる。

「――これは⁉」

ロザミアと俺を中心に、巨大な魔法陣が出現したのだ。

これは、ヴァンパイアの呪いを解く術式。

ロザミアの意志によって、俺が発動させたものである。

フレアが呟く。

「対ヴァンパイア術式……いくら貴方でも危険よ？　失敗すれば、彼女はより大きな力を与えられた状態で殺人鬼として解き放たれるわよ」

そうなれば、俺がロザミアを斬るしかない。

「ああ、だがやってみる価値はある。今からロザミアの魂にかかっている呪いを解く」

そう言ってロザミアを抱き締めた直後、ロザミアのしなやかな体が俺の腕の中で跳《は》ね上がる。

そして、その美貌が苦痛に歪んだ。

「う！　うぁあああ‼」

ヴァンパイアの眷属は、主への恭順《きょうじゅん》が絶対的なものとして魂に刻まれている。

その呪いを解くのは凄まじい苦痛を伴う。

吸血鬼の本能なのだろう、束縛《そくばく》を逃れようと俺の腕に牙を立てるロザミア。

「やめろ！　やめろぉおお！　お前を殺してやる‼」

赤く染まったその目。

俺の血を吸って、力を増していくロザミア。

まるで、人が変わったような凶暴《きょうぼう》な声を上げるロザミアを見て、ティアナが叫ぶ。

「レ、レオンさん！」

「心配するな、俺がヴァンパイアになることはない。血が欲しいのなら吸わせてやる」

俺の血を吸ったロザミアの翼の色が、徐々に変わっていく。

「う、うぁあああ！　レ、レオン殿……わ、私は！」

自らの激《はげ》しい変化に、ロザミアは俺の体を抱き締めた。

まるで、ヴァンパイアから別の何かに生まれ変わるような感覚なのだろう。

どれほど我慢強い女騎士であろうと、声を上げるのは当然だ。

「ああ！　体が燃える！　あああ‼」

魔を浄化する闘気を込めた俺の血が、一気にロザミアの体の中を駆け巡《めぐ》っていくのが分かる。

漆黒《しっこく》の翼が天使のごとく純白《じゅんぱく》の翼に変わっていった。誇り高い女騎士の魂に相応しい翼である。

同時に額の黒い印は真紅のそれに変化した。

それは俺を新しい主として受け入れようとしている証拠《しょうこ》だ。

額にびっしょりと浮かび上がった汗。

「レオン殿！　お願いだ、私の魂を受け入れてくれ‼」

「ああ、分かった。来い！　ロザミア」

一度ヴァンパイアになった者の魂を、完全に解放するには時間がかかる。

その間、俺が主となることで、同時に行き場のないロザミアの魂を従属《じゅうぞく》させる必要がある。いずれ、従属させる必要もなくなるのだ。

今まで以上に強く俺を抱き締めるロザミア。

「ああ！　あああああ‼」

その刹那《せつな》、彼女の魂が俺のそれと強烈に結びつくのを感じた。

地に描かれた巨大な魔法陣が強い光を帯《お》びる。

「――――‼」

声にならない叫びを上げて痙攣すると、ロザミアは俺をしっかりと抱き締めたまま気を失った。

気が付くとそばでティアナが祈っていた。

俺の腕の中の、ロザミアの表情が次第に穏やかになっていく。

その表情にフレアが警戒《けいかい》態勢を解く。

「やったわね、レオン」

「ああ、どうやら上手くいった。これも、ロザミアの意志の強さのお蔭だ。だが、急激《きゅうげき》な変化に大分衰弱《すいじゃく》している。しばらく安静にしておく必要があるな」

それを聞いて、ティアナもほっと安堵《あんど》の息を漏らしている。

俺はロザミアを抱いて立ち上がった。

「ティアナ、悪いが一晩ゆっくりロザミアを休ませてやりたい。教会の中に入れても構わないか？　ティアナや子供たちの安全は俺が保証する」

俺はそう前置きして、男爵に聞いた、ロザミアに関する事情を全てティアナに話した。

ティアナは、しばらくロザミアを見つめていたが俺に微笑んだ。

「もちろんです、レオンさん。私もレオンさんに助けてもらったんだもの」

「ありがとな、ティアナ」

「お礼はいりませんよ。ロザミアさん、とても穏やかな顔をしています。何だか羨ましい……レオンさんがご主人様なんて」

俺は首を傾げた。

「どうしてそんなことが羨ましいんだ？　ティアナ」

「え⁉　そ、それは……」

なぜか見る見る真っ赤になっていくティアナ。

「し、知りません！　レオンさんの馬鹿‼」

ティアナはそう言うと立ち上がり、スタスタと教会の方に戻っていく。

俺は肩をすくめる。

「やれやれ、何を怒ってるんだ？　ティアナは」

フレアが俺の肩の上で言った。

「ねえ、レオン。貴方、鈍感《どんかん》って言われたことない？」

「ん？　どうしてだ、フレア」

「はぁ、分からないならいいわ」

まったく、何だっていうんだ。

俺はロザミアを抱いたまま教会に向かって歩きながら、男爵の言葉を思い出した。

あいつは確かにこう言っていた。

『こ、後悔するぞ……俺は、その紋章を持つ者を他にも知っている。いずれお前は……』と。

俺は空を見上げた。

そこには美しい月が輝いている。

「俺と同じ紋章を持つ者、か」

それが真実なのか、苦し紛れの奴の戯言なのか。

奴が滅《めっ》した今、考えてみても仕方がない。

ティアナが俺に呼びかける。

「何してるんですか？　レオンさん」

「ああ、ティアナ。今行く」

ティアナは教会の入り口の扉の前で、はにかんだ笑みを浮かべていた。

5　白い翼を持つ天使

俺がロザミアを抱いて教会に入ると、シルフィがやってくる。

「レオン！　大丈夫だった？　……ちょっ、その女は何よ⁉」

シルフィは俺の腕に抱かれたロザミアを見て、腕を組んでこちらを睨む。

「説明は後だ、シルフィ。今はロザミアを休ませてやらないとな」

その言葉に頬を膨らませるシルフィだが、額に汗をびっしょりかいてぐったりとしているロザミアを見ると頷いた。

ティアナは少し困ったような顔で俺に言う。

「客間はレオンさんが使っていますから……ロザミアさんを休ませる場所を作らないと」

「そうだな、ティアナ。悪いな、面倒かけちまって」

俺の言葉にティアナは首を横に振った。

「そんな、レオンさんがいなければ、私もきっと男爵の手で……」

そこまで言って、ティアナは言葉に詰まると、怯えたように体を震わせた。

ティアナはシスターだ。

神に仕える身でありながら、魔族の眷属に堕とされるのは、奴も言っていた通り地獄の苦しみだろう。

それを想像するだけで、恐怖心が湧き上がってくるのは仕方ないことだ。

しかし彼女はその想像を振り払うように首を横に振ると、思いついたというふうに顔を上げた。

「眠っているリーアとミーアを私のベッドに連れていきますから、ロザミアさんは客間のベッドに寝かせてあげてください。そうすればリーアたちのベッドが空《あ》きますから、レオンさんはそれを使ってください」

「ああ、そうさせてもらうか」

ロザミアと俺の魂はあの儀式でしっかりと結びついている。

もし何かあればすぐに分かるだろう。

ロザミアは俺の腕の中で、俺の胸に顔を寄せてしっかりとしがみついている。

あの儀式はロザミアにとって相当な苦痛だっただろうに、よく我慢したものだ。

とにかく今はゆっくりと休ませてやりたい。

教会から住居となっている部分に入ると、ティアナはリーアとミーアを一人ずつ腕に抱いて、客間から自分たちの寝室に連れていく。

途中で、寝ぼけ眼《まなこ》のミーアが俺をぼんやりと眺めて言った。

「レオンお兄ちゃん、天使さん抱っこしてるです」

ミーアはむにゃむにゃ言いながらこちらを見ていたが、眠気《ねむけ》には勝てないのだろう、すぐにティアナの胸に顔を埋《うず》めてまた眠りに落ちた。

そんなミーアの姿に、俺とティアナは顔を見合わせて微笑む。

「ははっ」

「ミーアったら」

天使というのはロザミアのことだろう。

純白に変わった彼女の翼を見れば、ミーアがそう思うのも頷ける。

そんな可愛らしい彼女を、ティアナは優しく抱きかかえている。

「……そうしてると、ティアナはまるで母親みたいだな」

「そうなれたらって思っているんです。母親がいない寂しさはよく分かっていますから」

大したもんだ。

まだ歳は若いが、子供たちにとって、ティアナは優しい姉であり母なのだろう。

ミーアを抱くティアナからは、かつての仲間と同じような、神聖な美しさを感じる。

あのヴァンパイアがティアナを妃にと望んだ理由の一つだろう。

清らかな魂の持ち主が、必死に抵抗しながらも穢《けが》れていく姿を見るのが、あいつの至高《しこう》の快楽だったそうだからな。

まったく、とんだゲス野郎だ。

「どうしたんですか？　レオンさん。私の顔に何かついてますか」

「いや、何でもないさ。ミーアを抱いているティアナが綺麗だと思ってな。俺の知り合いによく似てるんだ」

俺の言葉にティアナは顔を赤くする。

「そ、そんな……綺麗だなんて。でも、レオンさんの知ってる方に私が似ているんですか？」

「ああ、顔や姿が似てるわけでもないんだけどな」

不思議そうに俺を見つめるティアナ。

当然だろうな、俺もうまく説明が出来ない。

きっとアクアリーテと同じエルフ族で、子供たちを育てているからそう思うのだろう。

しばらくそうしていたが、ティアナはミーアを自分のベッドに寝かしつけに行く。

その間に俺はロザミアを客間に運《はこ》び、鎧を脱《ぬ》がせてベッドの上に寝かせた。

美しい女騎士の姿を、窓から差し込む月光が照らしている。

俺がその場を離れようとすると、ロザミアの手が俺の手を握った。

無意識なのだろう、主になったばかりの俺と離れるのが怖いに違いない。

「やれやれ、分かった。傍にいるから安心しろ」

俺はベッドのふちに腰を掛けた。

どうやら、ティアナがせっかく空《あ》けてくれたベッドは使えそうもない。

しばらくすると、戻ってこない俺を心配したのだろう、ティアナがこちらにやってくる。

「レオンさん、どうしたんですか？」

「ん？　ロザミアが寂しがってな。今日はここにいることにした」

俺の手をしっかりと握りしめて眠るロザミア。

ティアナは、そんなロザミアと俺を交互に見る。

そして少し口を尖らせて言った。

「レオンさんって本当に優しいんですね」

「な、何だよティアナ。今の言い方少しトゲがなかったか？」

「さあ、どうしてそう思うんですか？」

俺が言葉に詰まっていると、ティアナはクスクスと笑って言った。

「ふふ、冗談です。私もしばらく一緒にいてもいいですか？」

ティアナの言葉に、俺は肩をすくめて答えた。

「ああ、構わないさ」

それからティアナは隣に座ってしばらく俺と話をしていた。

そして気が付くと、俺たちもそのまま深い眠りに落ちていた。

翌朝、それが原因でちょっとした騒動《そうどう》が起きることなど知りもしないで。

俺がロザミアの主人になった夜が明けて、朝日が差し込む頃。

俺はとあることが原因で目が覚《さ》めた。

俺は前世の癖《くせ》で、どんなに深い眠りに落ちていても、わずかでも殺気を感じれば目を覚ます習慣が身についている。

だが、今俺の目を覚ましたのは、物理的な刺激だった。

「うぅ～ん……レオン殿」

甘えた声でそう言って、俺の右腕にしっかりと抱きついているのはロザミア。

天使のように整った顔とその唇が、俺の頬のすぐそばにある。

鎧を着ている時は気が付かなかったが、大きく柔《やわ》らかい胸が俺の体に押し当てられていた。

俺とロザミアの魂は結びついているからな、体を密着《みっちゃく》させていると安心するのだろう。

それはまだ分かる。

「むにゃ、ロザミアさんばっかりずるいです……私も甘えたいです」

俺の左腕にしっかりとしがみついているのは、美しいシスター姿の少女。

もちろんティアナである。

「そうか、あの後話しているうちにティアナが眠っちまって俺も……」

一人用のベッドの上で俺は両サイドから、二人の美少女の体に圧迫《あっぱく》されるような状態になっている。

無防備に俺の頬に顔を寄せる二人のせいで、下手《へた》に寝返りも打てない状況だ。

昨晩ミーアを抱いていた時とは違い、すっかり子供の顔に戻っているティアナ。

それを見て俺は溜め息をついた。

父親代わりだった神父が死んじまって、寂しいんだろうけどな。

「レオンさん……むにゃ」

ティアナはそう呟きながら俺の体に身を寄せる。

こちらも昨日はあまり意識していなかったが、大きな胸が、俺の胸板の上で柔らかく形を変えている。

ケシカラン光景だ。

美しいブロンドからは、良い香りが漂ってくる。

流石にこれはまずい。

幸いシルフィたちも俺の中でぐっすり眠っているようだが、こんなところを見られたらまた一騒動おきそうだ。

「お、おい、ティアナ」

俺はティアナに呼びかける。

すると、長い耳がくすぐったそうにピクンと動いた。

「う……ううん」

美しい顔を俺の胸に埋めながら、吐息を漏らすとゆっくりと目を開けるティアナ。

細いその腕で、もう一度しっかりと俺の体を抱き締める。

しかしすぐに、すぐそばにある俺の顔を寝ぼけ眼で捉えると、目を見開いていった。

「――はうっ！」

整った顔が、耳まで真っ赤に染まっていく。

何しろ抱き合うような形でベッドの上にいるんだから、こんな反応をしてしまうのも納得だ。

泡《あわ》を食ったように、ティアナは俺に尋ねた。

「ど、どうしてレオンさんが私のベッドに？」

「人聞きが悪いことを言うなティアナ、ここは客間のベッドだぞ？」

「え？」

ティアナは慌てて上半身を起こし、周囲を見渡す。

そしてロザミアを見て、ようやく昨日の晩のことを思い出したのか、ハッとした表情になった。

「私、もしかしてあのまま眠って……」

「ああ、俺も悪かったよ。ティアナが気持ちよさそうに寝てるのを見て、こっちまでウトウトしちまってな」

俺はそう言いつつ、ベッドから降りて伸びをする。

そんな俺を、ティアナが上目遣《うわめづか》いで見つめてきた。

「ご、ごめんなさい、レオンさん」

「謝るなって。それよりも、チビどもが起きてきたようだぜ」

廊下の方からキールとレナの声が聞こえた。

「だから夢でも見たんだろう？　ミーア」

「そうよ、天使だなんて」

するとミーアの不満そうな声が廊下に響く。

「夢じゃないです！　ミーア見たです、レオンお兄ちゃんが天使を抱っこしてたです」

「うわぁ、リーアも天使さん見たいです！」

リーアの好奇心に満ちた声も、部屋まで届く。

天使というのは、もちろんロザミアのことだろう。

ティアナは途端《とたん》に、慌て始める。

「あの子たちだわ。レオンさん、わ、私どうしたら！」

「落ち着けって、ティアナ」

再びキールの声が聞こえる。

「それにしても、ティアナ姉ちゃんどこに行ったんだろ。レオンの部屋かな？」

「どうしてティアナお姉ちゃんが、レオンの部屋にいるのよ」

「そりゃあ朝の挨拶《あいさつ》だろ？」

どうやら、こちらにやってくるようだ。

ティアナは、慌ててベッドから立ち上がる。

そして、少し乱れている自分の髪や服を急いで直した。

と同時にキールとレナが部屋に入ってくる。

「何だ、ティアナ姉ちゃん。やっぱりここかよ」

「お、おはよう！　キール、レナ！　きょ、今日はいいお天気ね！　レオンさんに朝の挨拶をしに来たの！」

……おいおい。

いくら何でも、わざとらしすぎるだろ。

そもそも、窓の外は少し曇《くも》り気味だ。

レナが首を傾げながらティアナに言った。

「どうしたのよ、ティアナお姉ちゃん？　そんなに慌てて、何だか変よ」

「え？　あ、慌ててなんかいないわ」

キールも不思議そうな顔をして、ティアナを見つめている。

「姉ちゃん、真っ赤だぜ？」

「な、何でもないわキール！」

一方で、リーアとミーアは俺とティアナの後ろにあるベッドを見て目を輝かせた。

正確に言うと、その上で眠る白い翼を持つ少女を見て。

「うわぁ！　本当に天使さんいたです。とっても綺麗です！」

リーアの言葉に、ミーアは胸を張ってベッドによじ登りながら言った。

「だから言ったです。ミーア嘘ついてないです」

キールとレナも、ベッドの上で眠るロザミアの姿に気が付いて目を丸くした。

「嘘……本当に天使⁉」

「ど、どうなってるんだよレオン！　ティアナ姉ちゃん‼」

その騒がしさに、ロザミアが目を覚ます。

そして、自分を見つめるリーアとミーアを見て首を傾げた。

「レオン殿、ここはどこなのだ？　この子たちは一体？」

俺は溜め息をつきながら、ロザミアに状況を説明することにした。

昨晩、彼女が気絶《きぜつ》してからの話を、ロザミアは大きく頷きながら聞いている。

「そうか、ここはあの教会の中なのか……ん？　そんなはずはない！　もしそうなら、私が穏やかに眠ることなど出来ないはずだ」

まだ自分がヴァンパイアだった頃の感覚が抜けないのだろう。

ロザミアのその言葉に、リーアとミーアが不思議そうにする。

「どうしてですか？　天使なのに」

「リーア、本当の天使さん初めて見たです！」

確かにロザミアは、まるで教会の入り口にある天使のような姿をしているからな。

ロザミアは驚きながら二人を見つめる。

「わ、私が天使？　一体どういうことなのだ……」

そうか、ロザミアはまだ新しい自分の姿を見てないんだよな。

ティアナはロザミアを、客間の姿見の前に連れていく。

「見てください、ロザミアさん」

「こ、これは！　私の翼が戻っている‼」

ロザミアは驚愕の表情を浮かべ、鏡の前で立ちすくんだ。

『戻っている』か、やっぱりな。

俺は肩をすくめると。

「ロザミア、お前は翼人族《よくじんぞく》だな」

昨日俺の前に現れた時からもしかしたらとは思っていたが、対ヴァンパイア術式をかけてみて確信した。

奴の支配下に置かれ形は変わっていたが、この美しい翼はロザミア自身のものだ。

もしもヴァンパイアの眷属として生えたものならば、あの時に消え去っているはずだからな。

翼人の国は大陸の北にあるアルテファリアだ。そこからこの国に逃れてきたのだろう。

「白い翼を持つ翼人は珍しいと聞いているが、確かにまるで天使だな」

二千年前にも、白い翼を持つ翼人がいた。

彼らは白翼人《はくよくじん》と呼ばれ、翼人族の中でも特に稀有《けう》な才能を持つとされていた。噂では、俺たち倒魔人の中にもいたそうだが、会ったことはない。

白い翼を持つロザミアも、その例に漏れない。

手合わせをしてみて分かったが、通常の剣士では到底太刀《たち》打ち出来ないだろうな。

……それにしても、天使か。

美しいプラチナブロンド、そして青い瞳。

その美貌は際立っている。

そしてこの白い翼となれば、そう見えるのも当然だろう。

「レオン殿‼」

一人納得していると、ロザミアが俺にギュッと抱きついてきた。

「お、おい！　ロザミア」

「嬉しいのだ！　魔族の血に穢《けが》れていた私を、以前と変わらぬ姿に戻してくれた。レオン殿は私にとって神様だ‼」

「ちょ！　落ち着け」

余程嬉しいのだろう、ロザミアはその頬を俺の頬にこすりつける。

美しいプラチナブロンドが俺の鼻をくすぐり、大きな胸が、強く俺の体に押しつけられている。

子供たちはあっけにとられ、ティアナは少しジト目で俺を見つめていた。

ミーアとリーアが口々に言った。

「天使さん、レオンお兄ちゃんに抱きついてるです」

「レナお姉ちゃん、二人は恋人なんですか？」

ミーアにそう尋ねられて、自称恋愛博士のレナは答えに窮《きゅう》する。

「ち、違うわ。だってレオンはティアナお姉ちゃんとも抱き合ってたじゃない。ね、お姉ちゃん！　レオンが好きなのはティアナお姉ちゃんよね？」

それを聞いてティアナは真っ赤になる。

「レナったら、違うって言ったでしょ？　レオンさんに失礼よ」

「だって……レオンにずっとここにいて欲しいんだもの」

「レナ……」

レナの髪を撫でるティアナ。

ベッドから降りたミーアとリーアも、足元で俺を見上げてくる。

「レオンお兄ちゃん、どこかに行っちゃうですか？　そんなの嫌です……」

「ミーア、ここにいて欲しいです！」

二人は小さな手で俺の服を握ると、大きな目にいっぱいの涙を浮かべる。

キールは俯いて言った。

「無理言うなって。レオンが困るだろ？」

一夜明け、客人である俺が出ていくと思っているのだろう。

ロザミアも現れ、二人でこの教会を去っていくのだと。

ティアナとパーティを組むとは言ったが、宿をどこにするのかまでは言ってなかったかな。

キールの言葉に、リーアとミーアの涙が零れ落ちそうになる。

俺はすっかりしょげかえって獣耳がぺたんとなったチビ助たちの頭に手を置いた。

「おいおい、お前たちそんな顔するなって。誰も出ていくなんて言ってないだろ？　お前たちがいいなら、しばらくここにいさせてくれよ。自慢じゃないが俺は宿なしなんだ」

「ほんと⁉」

レナは目を輝かせる。

「ああ、それにティアナの手料理はここじゃないと食えないだろ？」

それを聞いて、レナは少しツンとしてみせると胸を張って俺に言う。

「し、仕方ないわね。レオンに行くところがないならこの家にいればいいじゃない。ね、ティアナお姉ちゃん！」

「ええ、ええもちろん！　レオンさんが好きなだけ‼」

ミーアとリーアがしっかりと俺に足にしがみつく。

「ずっといればいいです！」

「ミーアもいて欲しいです！」

キールはそんな二人の頭を撫でながら、少し照れ臭そうに言った。

「へへ、こんなところだけど、レオンなら別にいつまでいても構わないぜ。そっちの天使のお姉さんもさ。レオンの知り合いなんだろ？」

「だ、そうだ。どうする、ロザミア？」

俺はロザミアに、当面はここに泊まって冒険者をするつもりだと話した。

ロザミアは驚いたように言う。

「私は構わないが……レオン殿、あれほどの腕を持ちながら冒険者を？　てっきり名のある勇者か英雄だと思っていた。あの剣の冴《さ》え、私が手も足も出ず破れたのは初めてだ」

「名のある英雄、か……」

まぁ間違ってはいないんだけどな。

この時代に四英雄の名を知る者などごくわずかだろう。二千年も経《た》てば、風化《ふうか》した神話の中の人物に過ぎない。

俺は肩をすくめた。

「悪いが、そんな大層なものではないさ。聖騎士だったお前の主人としては少し物足《ものた》りないかもしれないが、しばらく辛抱《しんぼう》してくれ。いずれ俺との主従関係がなくても平気になる。そうなればお前は完全に自由の身だからな」

俺の言葉に、ロザミアは美しいブルーの瞳でジッとこちらを見つめる。

そして少し元気がない声で答えた。

「そ、そうなのか？　私は別にずっとこのままでもいいのだが……」

どういう意味だ？

……そうか、まだ主が変わったばかりだからな。

誰かに従属していないと不安なんだろう。

「まあ今はそう思うだろうな。まだ時間はあるさ、どうするかゆっくり決めたらいい」

俺の言葉に、ロザミアは力強く頷いた。

「分かった。だが今は私の主はレオン殿だ。レオン殿が行くというのなら、どこにでもついていく！　冒険者をやるというのならば、私もそうしよう」

「そうか、なら決まりだな。ティアナもそれでいいか？」

「もちろんです！　三人パーティの方が色んな仕事を受けられますからね」

ティアナは快諾《かいだく》してくれた。

三人パーティか。最初は一人で仕事を受けるつもりだったが賑《にぎ》やかになりそうだな。

仲間と一緒に戦うのは二千年ぶりだが、こういうのも悪くない。

「それじゃあ、二人ともしばらく世話になるってことでいいか？」

ティアナは子供たちを抱いて、嬉しそうに頷いた。

「二人とも大歓迎です！　こんなところですけど、どうかよろしくお願いしますね」

「うむ！　よろしく頼むティアナ」

そう言って、ロザミアはティアナと握手《あくしゅ》をした。

「こちらこそ、よろしくお願いします！　ロザミアさん」


それから、朝食を終えた俺たち三人は、冒険者ギルドに向かう準備をする。

ミーアとリーアが大きな耳と尻尾をパタパタとさせて、そんな俺たちの様子を眺めていた。

俺が剣が収められた鞘を腰から提げると、二人は目を輝かせる。

「みぅう！　レオンお兄ちゃん格好いいです」

「リーアも大きくなったらついていくです！」

その横では、レナが俺をジッと見つめていた。

「そ、そうね。結構素敵よね、私ももう少し大人になったら手伝ってあげてもいいわ」

キールはそんなレナをからかうように言った。

「何だよレナ、レオンを好きなのはティアナ姉ちゃんじゃなくてお前じゃないのか？　昨日も助けてもらってたもんな」

「な、何よ！　そ、そんなわけないでしょ？　それに、助けてもらったのはみんな同じじゃない！」

「へへ、そうだけどさ」

キールを睨むレナ。

俺は苦笑しながら、そんな二人の頭を撫でてやる。

「喧嘩すんな。お前たちがそれじゃあ、安心して出かけられないだろ？」

俺の言葉に、二人は顔を見合わせると少ししょげてしまった。

やっぱりこういうところは子供だな、なんて思いつつ、二人の鼻の頭をちょこんとつつく。

「帰りに美味いものを沢山買ってきてやるからな。ティアナがきっと、ほっぺたが落ちるような料理を作ってくれるぜ」

「ほんとに!? レオン！」

「やったぜ！　最近魚と野菜のスープばっかりで、実はちょっと飽《あ》きてたんだよな」

ティアナがそれを聞いて頬を膨らませる。

「もう！　キールったら、何よそれ？　毎日食べても飽きないって言ってたじゃない」

「はは、ごめんよティアナ姉ちゃん」

借金がある中で、ティアナは必死にやりくりしてきたのだろう。

子供たちも、そんなティアナを見たら文句は言えないだろうからな。

そんな子供たちのやり取りを見て、ロザミアは肩をすくめる。

「ティアナの料理は美味しかったぞ。私など三杯もスープをおかわりしたくらいだからな」

「はは、お蔭で俺のおかわり分はなくなったけどな」

そうそう、意外だったのはロザミアが俺以上に大食いだったことだな。

体が元に戻ったばかりだからなのか、それとも元々なのか、あっという間にスープを三杯もおかわりした。

ティアナが俺たちの為に少し多めに作ってくれたのだが、鍋《なべ》はすぐに空《から》になってしまったんだよな。

「な！　お腹《なか》が空《す》いていたのだ……主殿はいっぱい食べる女は嫌いだろうか？」

「気にするなロザミア。お前がいくら食べてもいいように、帰りは沢山食べ物を買って帰ろう」

「本当か？　主殿！」

すっかりこの家の雰囲気に馴染《なじ》んできたのか、リラックスしたロザミアは俺を主殿と呼ぶようになった。

帰りに沢山食べ物を買うと言ったのが嬉しかったのか、俺に体を密着させるロザミア。

ティアナはそれを見てコホンと咳ばらいした。

「そろそろ行きましょう、レオンさん……それではフレアさん、子供たちのことをお願いします」

ティアナはそう言って、俺の肩の上でくつろいでいるフレアに声をかけた。

念のため、フレアを留守番《るすばん》に置いていこうと提案したのは俺だ。

「仕方ないわね。昨日みたいな馬鹿が来たら、焼き尽くしてあげるから安心なさい」

フレアは炎の上級精霊だ、並みの相手では手も足も出ないだろう。

ガード役にはもってこいである。

それに、結構子供たちとも打ち解けてきてるからな。

リーアとミーアがフレアを見上げる。

「妖精さん可愛いです！」

「一緒に遊ぶです！」

「もう、仕方ないわね。何をして遊びたいの？」

フレアはリーアとミーアが気に入っているようだ。

無邪気な二人を見ていると、母性本能をくすぐられるのだろう。

キールとレナは大人ぶって言った。

「俺たちもいるから安心してくれよ」

「そうよ、留守番は任せて！」

ティアナが頷き、俺たちは教会の出口に向かう。

扉を出て後ろを振り返るとティアナは子供たちに言った。

「それじゃあ行ってくるわね」

「「「「いってらっしゃい‼」」」」

元気よく手を振る子供たちに、俺たちも手を振り返して教会を後にした。

子供たちと一緒に俺たちを見送るフレア。

その一方で、しっかりと俺の肩の上に陣取《じんど》っているシルフィが呟いた。

「私はついていきますからね。何が主殿よ、しっかり監視《かんし》しておかないと」

どうやら、ロザミアのことを警戒しているらしい。

「心配するなシルフィ。もう彼女はヴァンパイアじゃないからな」

「そういう心配をしてるんじゃありません～。隙《すき》あらばその無駄に大きな胸をレオンに押し当てようとする、その女を監視してるんです」

そう言って、俺にべぇと舌を出す風の精霊。

ロザミアもカチンときたのかシルフィに言い返した。

「無駄とはなんだ！　私は騎士だ、好きで大きくなったのではない。ふふん、嫉妬《しっと》しているのだな。ずいぶんと可愛い胸をしているようだし」

「な！　何ですって‼」

フンと顔を背《そむ》ける二人。

まったく、何を争《あらそ》ってるんだか。

俺は溜め息をつきつつ進んでいく。関わると、ろくなことにならなさそうだからな。

昨日は気に留めていなかったが、冒険者ギルドへの道の途中には、食料品などを売る店が集まっているエリアがあった。

朝だからか、道には露店《ろてん》も出ていて、新鮮《しんせん》な食材を得るために集まる人々で賑わっていた。

ティアナが言うには、夕方には同じ場所に市が立つようで、帰りにそこに寄って食材を買い込むことにした。

「チビ助たちに約束したからな。しっかり稼いで、美味いものを沢山買って帰ろうぜ」

「はい！　レオンさん」

そう言って嬉しそうに笑うティアナ。

ロザミアも目を輝かせている。

「夕食が楽しみだ！」

そう言いながら朝市の食材を眺めているロザミアの口からは、今にも涎《よだれ》が垂れそうな勢いである。

際立った美人なだけに残念な光景だが、騎士として育ってきたロザミアにとって、朝市の光景は物珍しいのかもしれない。

露店の中には変わった食材を扱っている店もあって、見ていて退屈しない。

その時——

「ゲコ、ゲコゲコ‼」

「ひっ‼」

立ち並ぶ露店を見て回っていたロザミアが、俺にしがみつく。

さっきまでの明るい顔がすっかり青ざめて、全身に鳥肌が立っていた。

その視線の先にあるのは、特大の生きたカエルが何匹も入った大きなたらいだ。

ジャイアントフロッグという、人の顔程も大きさがある食用のカエルである。

シルフィはそれを見てニンマリと笑った。

「へえ、あんた、カエルが苦手《にがて》なんだ。ねえレオン、帰りに一匹買っていきましょうよ。結構可愛いじゃない。レオンを狙う胸の大きな悪い虫を退治するペットとして、飼ってみるのも悪くないわ」

「や、やめろ！　やめてくれ‼　私はカエルだけは駄目なのだ！」

よっぽど苦手なのだろう、恐怖に顔を歪めるロザミア。

その光景を見て、シルフィはさっきの胸の一件のお返しとばかりに不敵な笑みを浮かべた。

ジャイアントフロッグがひしめき合う大きなたらいの前で、腰に手を当ててるとロザミアに言う。

「ふふ～ん。あんたの弱点を見つけたわ。いいこと、これからは大人しく私に従うことね。そうじゃないと……ひっ‼」

勝ち誇っていたシルフィの腰に何かがビシッと音を立てて巻きつくと、その体を強引に引っ張っていく。

たらいの中でもひときわ大きなカエルの舌だ。

そして、そのままあんぐりと大きな口を開けて、シルフィの下半身を咥え込んだ。

「ひっ！　な、何すんのよ、放しなさいよ‼　いやぁあああ！」

ロザミア以上に涙目になっていくシルフィ。

精霊の力を使えば何とでもなるだろうに、あまりの状況にそれさえも出来ずに硬直《こうちょく》している。

俺は溜め息をつくと、手を伸ばしてひょいっとシルフィを救い出す。

「まったく、何してるんだシルフィ。大丈夫か？」

カエルの唾液《だえき》でべとべとになった体で、俺の首に必死に抱きつくシルフィ。

「ふぇええええん‼　レオン、怖かった。あいつが私を食べようとしたの！」

俺は肩をすくめると答える。

「結構可愛いんじゃなかったのか？　ペットに一匹飼ってもいいぐらいにさ」

「レオンの意地悪！　絶対嫌‼　そんなことしたら私、家出するんだから！」

「家出ってお前な……」

どうやらシルフィにとって、かなりのトラウマになったようだ。

たらいの中からは、先程のカエルがシルフィに熱い視線を送っている。

どうやら向こうはすっかりシルフィが気に入ったらしい。

それを見て青ざめるロザミアとシルフィ。

「ひっ！　こっちを見るな！」

「そうよ、何見てるのよ！」

あれだけいがみ合っていた割には、意外と息が合っている。

ロザミアは俺にしがみつき、シルフィはぶるっと身を震わせて姿を消した。

俺とティアナは顔を見合わせ苦笑する。

あの様子だと、しばらくは出てこないだろう。

シルフィには悪いが、ギルドで仕事を受ける時はその方が静かでよさそうだ。

その後、もう少しだけ朝市を見て回ってから、俺たちは冒険者ギルドへと向かった。

通りの先にギルドの建物が見えてくる。

「さてと。何かいい仕事があるといいけどな」

ティアナとロザミアは大きく頷く。

「はい、レオンさん」

「ああ、そうだな。冒険者などやるのは初めてだから、楽しみだ」

「はは、だろうな」

俺たちは期待を込めてギルドの前に立ち、扉を開けた。

6　ギルドからの依頼

中に入ると、こちらを見てヒソヒソと話をする声が聞こえる。

精霊がいなくても、ティアナもロザミアも飛び抜けた美貌の持ち主だ、目立つのだろう。

しかも、ロザミアは白い翼が生えているからな。

皆、普通の翼人は知っていても、白翼人は珍しいに違いない。

「おい、あいつだぜ。ガルフの奴をぶっとばしたっていうのは」

「嘘、まだ可愛い顔した坊やじゃない」

……前言撤回《ぜんげんてっかい》だな。

どうやら注目されてるのは俺だったようだ。

別にぶっ飛ばしたわけじゃないけどな。

噂というのは尾ひれがつくものである。

「っていっても、所詮《しょせん》はガルフやあの小僧もBランクだろ。まだまだひよっこだぜ」

「ふふ、そうね」

どうやら今日は、Aランク以上の面々もいるみたいだな。

こちらを品定《しなさだ》めしているようだが、まあ放っておこう。

それよりも受付のニーナさんに挨拶をして、少しでもいい仕事を紹介してもらわないと。

子供たちと約束をした手前、手ぶらでは帰れない。

俺がそう思って受付の方を見ると、違和感《いわかん》があった。

「ん？　あれは」

冒険者ギルドの受付に、ここには似つかわしくない一団の姿が見えたのだ。

制服と鎧に身を包み、左の肩当にはこの国の紋章、そして右肩の肩当には、部隊章らしきシンボルマークが見事な細工《さいく》で描かれている。

どうやらこの国の騎士たちのようだ。

ロザミアが思わず口を開いた。

「あのマークは……」

「ああ、ドラゴンだな」

騎士たちの右の肩当に刻まれているのは、雄々《おお》しく翼を広げた銀色のドラゴンのマークだ。

そんな彼らに受付で対応しているのはニーナさんとは別の女性だった。

ニーナさんは隣の窓口に立っていたのだが、俺たちに気が付くとこちらにやってくる。

「レオンさん！　おはようございます」

昨日のことがあったからだろう、親しげに話しかけてくれる。

初顔合わせのロザミアを見ても、ニッコリと笑顔を見せるニーナさん。

受付の鑑《かがみ》である。

俺は彼女に尋ねた。

「あの騎士たちは一体何者なんです？　銀の竜なんて派手《はで》なシンボルマークですね」

「ええ、公爵《こうしゃく》家のご息女《そくじょ》であるミネルバ様が指揮《しき》する銀竜騎士団の方々ですわ。実はある魔物の討伐《とうばつ》の件で、騎士団から冒険者ギルドにも協力するようにと依頼が入ったんです」

「へえ、国からの依頼ですか。大したものですね」

俺の言葉に、ニーナさんはふぅと溜め息をついて答えた。

「そうなんですけど……実はそれで今困っているんです」

困ってる？

ニーナさんの言葉に俺は首を傾げる。

「国からの依頼が来て、何か困ることがあるんですか？」

これだけの大国になれば、国からの依頼は報酬《ほうしゅう》もいいだろう。

何か理由があるのだろうか。

「ええ、レオンさん。実は今、国からの大きな依頼がもう一つ重なっていて、Sランク以上の冒険者の手が空《あ》いていないんです。ギルドマスターのジェフリーさんたちもそちらの依頼に出ていて、ギルド自体が今手一杯なんですよ」

「他の依頼って？」

「レオンさんにも少しお話ししましたけど、最近額に妙な魔石をはめ込まれた魔物が出没《しゅつぼつ》するらしいんです。近隣《きんりん》の村人や腕利きの冒険者も何人か命を落としていて、国からも正式な討伐の依頼がギルドに入っているんです」

「ああ、そう言えばそんな話をしてましたよね」

見た目は普通の魔物と変わらないそうだが、驚くような強さを持っていると聞いた。

ニーナさんは頷く。

「冒険者からも犠牲者《ぎせいしゃ》が出ていますから、ギルドのメンツをかけて、ギルドマスターのジェフリーさん自ら、指揮をとってるんです」

「へえ、ギルドマスターが出向くなんてすごいですね」

「ふふ、ギルドマスターのジェフリーさんは唯一のSSSランクの冒険者でもあるんです。それ以外は、SSランクが二名、Sランクが五名、それに数十名のAランク。それを三班に分けてその魔物の住処を探索しているんです」

「それは大掛かりですね。唯一のSSSランクかぁ」

ジェフリーさんか、一度会ってみたいものだ。

SSSランクと言えば、この国の英雄に匹敵する強さを持っているらしいからな。

ニーナさんは、受付の騎士たちを眺めながら続けた。

「それ以外のSランク以上の冒険者も継続《けいぞく》中の仕事がありますから、今集められるのは、わずかなAランクの冒険者だけなんです」

「それでSランク以上の人間が、銀竜騎士団に協力が出来ないんですね。でもそれは仕方ないでしょう？　王国の騎士団だ、別に冒険者ギルドの手を借りなくても魔物の討伐なんて可能じゃないんですか？」

あの銀竜騎士団の依頼内容がどんなものかは知らないが、これほどの大国だ、正規軍が多少兵力を割《さ》けば苦もない話だろう。

通常の軍務《ぐんむ》もあるから冒険者ギルドに依頼を入れたのだろうが、それほど騒ぐ話だとは思えない。

「それがそうもいかなくて……」

ニーナさんが困り顔で言った時、一人の騎士の怒鳴り声が、ギルドに響いた。

「何！　それでは冒険者ギルドは、ミネルバ様には協力が出来ぬということか!?　先程耳にしたが、レオナール将軍が率いる鷲獅子《グリフォン》騎士団には、ギルドマスターまで協力していると言うではないか？」

「い、いいえ、決して協力出来ないというわけでは。Aランクの冒険者を数名なら今すぐに手配が出来ると……」

ギルドの職員が騎士にそう取りなすが、今度は他の騎士たちも気色《けしき》ばむ。

「Aランクだと？　ミネルバ様はレオナール将軍と同じこの国の『三大将軍』の一人であられるぞ！　このような非礼《ひれい》が許されるか、すぐにギルド長たちを呼び戻せ‼」

無茶言いやがる。

ニーナさんも怒鳴りつける騎士の声を聞いて、同僚の職員に同情の視線を向けた。

まったく、言いがかりも甚《はなは》だしいな。

俺は肩をすくめてニーナさんに向き直る。

「なるほど、人員の確保もさることながら、騎士団同士のメンツの問題ですか？」

どうやら、同じ国からの依頼でも、その窓口になった騎士団が違うことがトラブルの原因のようだ。

「はい、特にミネルバ様の銀竜騎士団と、レオナール将軍の鷲獅子《グリフォン》騎士団は自他共に認めるライバル同士ですから。同じ三大将軍のレオナール様には協力出来て、ミネルバ様には出来ないのかと仰っていて」

三大将軍の名は、俺も知っている。大国アルファリシアを支える三人の英雄たちだ。

ロザミアが俺の隣で呟く。

「銀色の飛竜に騎乗《きじょう》し飛竜部隊を率いるミネルバ将軍の銀竜騎士団。同じく大空をかけるグリフォンに騎乗し圧倒的な武力を誇る、レオナール将軍の鷲獅子騎士団《グリフォン》。確かに、このアルファリシアの空の双璧《そうへき》と呼ばれた将軍たちだ」

「詳しいなロザミア」

「うむ、主殿。私も祖国《そこく》では父上と共に天馬騎士団《ペガサス》を率いていたからな、二人の名はよく知っている」

天馬か、ロザミアには似合いそうだな。

翼人であっても、長距離を移動するには天馬の方が便利なのだろう。

ニーナさんはふぅと溜め息をついて言った。

「こんな時にギルドマスターがいてくれたら……いいえ、贅沢《ぜいたく》は言いませんわ、せめてSランク以上の強さを持った方が一人でもいれば」

そして、ふと目が合うと、俺の手を両手でギュッと握りしめてきた。

……ちょっと待て。

嫌な予感がする。

「そうですわ、レオンさんなら！　あの剣の腕、間違いなくSランク以上ですもの」

「ちょ！　ニーナさん、面倒は御免《ごめん》ですよ。第一、俺はBランクの冒険者ですし」

ニーナさんは困り果てている同僚を眺め、俺に手を合わせた。

「レオンさんならきっと大丈夫です、私からも騎士団の方を説得しますわ。それに報酬もいいんですよ」

「報酬か……ち、ちなみにどれぐらいなんですか？　ニーナさん」

思わず金に釣《つ》られてしまうのは文《もん》なしの悲しい性《さが》だ。

チビたちに土産《みやげ》の約束もしているからな、確かに金は欲しい。

「参加報酬が一人当たり金貨一枚、そこからは倒した魔物の数によって報酬が加算されるようです」

……確かにいい報酬だな。

参加しただけで金貨一枚、さらにそこから歩合制《ぶあいせい》か。

俺が興味を持ったことが分かったのだろう、ニーナさんは俺に仕事の内容を簡単に教えてくれた。

――それは少し風変わりな依頼だった。

何やら、東の方の森で奇妙《きみょう》な姿をしたオーガが発見されたらしい。奴らは群《む》れを作っていて被害が続出しているため、銀竜騎士団が討伐することになったそうだ。

しかし敵の規模《きぼ》が不明ということもあり、側面からの支援《しえん》として、冒険者を使いたいということだった。

騎士団の連携《れんけい》の邪魔にならない程度の、腕利きの冒険者を雇いたいということか。

「なるほど。確かにそれは国からの依頼が来てもおかしくないですね」

「ええ、何とかお願い出来ませんか？　レオンさん」

俺がティアナとロザミアを見ると、二人は任せるとばかりに頷いた。

俺はニーナさんに答える。

「分かりました、俺で構わないなら協力しますよ」

「ありがとうございます！　レオンさん‼」

ニーナさんは嬉しそうに、俺の手を強く握りしめた。

だが、問題はあの騎士たちがそれで納得するかだ。

ニーナさんは弱り果てている同僚のギルド職員のそばに歩み寄ると、受付にいる五人の騎士たちに言う。

「あ、あの実は、Sランク以上の力を持つ方が一人いらっしゃるんです」

「何だと！　なぜそれを先に言わんのだ！」

そう言って騎士たちは、ニーナさんに連れられてこちらにやってくる。

俺を見て訝《いぶか》しげな顔をする騎士たち。

そしてニーナさんに尋ねた。

「……まさか、この小僧のことではあるまいな。馬鹿にしているのか？　あれはBランクの証ではないか！」

「苦し紛れに、我ら銀竜騎士団を騙《だま》すつもりか‼」

ニーナさんは騎士たちを必死で説得する。

「いいえ！　レオンさんは強いですわ、少なくともSランク、いいえSSランクの実力はあるはずです‼」

その言葉にギルドの中がざわめいた。

当然だろう、SSランクと言えばギルド長以外では最高位だからな。

「ニーナ！　駄目よ、いくら何でもそんな出鱈目《でたらめ》。騎士団相手に後で冗談でしたでは済まないわ」

慌ててニーナさんを宥《なだ》めたのは、先程から騎士たちの対応に困り果てていた女性職員だ。

ニーナさんは首を横に振る。

「アイナ先輩。大丈夫です、レオンさんの腕前は私が保証しますから」

どうやら、アイナさんというのはニーナさんの先輩のようだ。

赤毛で年齢は二十ぐらいだろうか。

昨日は休みだったのか初めて見る顔だが、ニーナさんと同じく受付担当がよく似合う気さくな感じの美人だ。

ニーナさんの言葉にも、騎士たちはとても信じられぬという顔で言う。

「この小僧がSSランクだと？　ふはは、そんな馬鹿な」

「ならばどうしてBランクの証などつけている？」

「だが、いい女たちを連れているな。この女は翼人か、白い翼など珍しい」

そう言ってロザミアの翼に触《ふ》れようとする騎士。

その瞬間――

ロザミアの姿が消えたかと思うと、騎士の背後に立ち、その首筋に剣を突きつけていた。

俺に向ける笑顔とは全く違う、氷のような冷たい視線で男を見つめるロザミア。

「下郎《げろう》が、この体に触れて良いのは主殿だけ。貴様のようなゲスに触られるいわれはない」

突きつけた剣、そして誇り高く美しいその顔。

まるで死の天使である。

「き、貴様‼」

「我らを下郎だと⁉」

「許せぬ‼」

騎士たちが一斉に剣を抜く。

だが……

その剣は全て彼らの手から弾《はじ》かれ、宙を舞うと騎士たちの足元に突き刺さった。

「「何⁉」」

俺の右手には剣が握られている。

連中が剣を抜いたと同時に抜剣《ばっけん》した俺が、奴らの得物《えもの》を弾き飛ばしたのだ。

「許せぬ、か。俺も自分の仲間に手を出す連中を許すつもりはない、たとえ何者であろうとな」

俺は連中を睨み告げた。

「凄い……」

アイナさんが思わずといった様子で声を上げると、ニーナさんが頷く。

「言ったでしょう、アイナ先輩。レオンさんなら、ＳＳランクの実力は十分にあるって」

「ええ、いつ剣を抜いたの？　速いっていう次元じゃないわ。それに、これだけの数を相手にするなんて……ＳＳランクどころか、こんな芸当が出来るとしたらジェフリーギルド長だけだわ」

そう呟くアイナさんの傍にいた騎士は、呆然とした表情を怒りに染めていく。

「ふ、ふざけおって！　我らに逆らうとは無礼者《ぶれいもの》め！　どういうつもりだ、こんな男を紹介するとは‼」

まったく騒がしい。

紹介しなければ騒ぎ立てるし、紹介すればこの有様《ありさま》だ。

無礼はどっちだ。

その騎士は怒りに任せてアイナさんの腕を締め上げた。

「うぁあ！　やめてぇ‼」

骨がきしむような音がして、彼女は悲鳴を上げる。

だが、次の瞬間——

その騎士が悲鳴を上げた。

俺が、アイナさんを掴んでいるその男の腕を握っているからだ。

男の腕防具がへこみ、腕にめり込んでいく。

「ぐっ！　ぐぁああ‼」

その騎士は呻き声を上げると、その場に膝をつく。

自分がしたことによる痛みを思い知っているだろう。

俺は痛みでうずくまっているアイナさんに手を差し伸べる。

「大丈夫ですか？」

アイナさんは呆然と俺を見上げて、少し恥ずかしそうに手を取った。

「あ、ありがとう」

いつの間にか、ギルドホールの中で騎士たちを取り囲む輪《わ》が出来ている。

その多くは、アイナさんと同じギルドの女性職員たちだ。

ニーナさんが、勇気を振り絞ったように叫ぶ。

「酷いわ、いくら銀竜騎士団だからって横暴《おうぼう》よ！」

「「「そうよそうよ！」」」

その光景に、思わずたじろぐ騎士たち。

俺は連中に尋ねた。

「まだ続けるか？　これ以上騎士団の看板に泥《どろ》を塗《ぬ》らないうちに帰った方がいいぜ」

7　王国の英雄

これだけの目撃者がいる最中での出来事だ。

こいつらも大事《おおごと》には出来ないだろう。

銀竜騎士団を束《たば》ねる者がまともなら、こいつらは処罰を受けることになる。

するとその時、ギルドの入り口の方から、誰かの笑い声が聞こえた。

「ふふ、中々威勢のいい坊やだね」

いつの間にそこに立っていたんだ？　全然気配に気付かなかった。

そこにいたのは、ひときわ立派な鎧を着た女性。

年齢は二十代前半だろう。

背が高く、スタイルがいい。

凛々《りり》しく、まるで天界に住む戦女神のような美貌を持つ女だ。

騎士たちも、ギルドの職員も、そして冒険者たちも一様《いちよう》に凍《こお》りついたように、彼女を見つめていた。

一体誰だ？

そう首を傾げる俺の横で、ニーナさんが呟いた。

「まさか……ミネルバ様！　どうしてこんなところに」

ミネルバ？

さっきニーナさんが話していた銀竜騎士団の団長か？

だとすれば確かに、どうして冒険者ギルドに来たのだろう。

公爵家の令嬢《れいじょう》でもある彼女が、直接冒険者ギルドに来る必要なんてないし、実際に部下を寄越《よこ》しているのだから。

ミネルバ将軍は興味深げにこちらを眺めると、その美しい唇を開く。

「たまには昔なじみのジェフリーに挨拶を、と思ったんだが留守なら仕方ない。代わりにその坊やを貰っていくとしようか」

なるほど。

どうやら、ここのギルドマスターと顔見知りらしい。

ニーナさんの話じゃ、ギルドマスターのジェフリーはSSSランクの冒険者だっていうからな。

この国の英雄の一人であるミネルバ将軍と知り合いでもおかしくはない。

動揺《どうよう》したような声を上げたのは、無法を働いていた騎士たちだ。

「ミネルバ様‼」

「な、なぜこんなところに？」

艶《あで》やかな笑顔でミネルバは騎士たちに問い返す。

「どうしたんだい？　私が来たのがまずいみたいじゃないか」

その目が笑っていないのを見て、騎士たちは凍りつく。

見た目は美しい薔薇《ばら》のような美女だが、その体から放たれる闘気は尋常《じんじょう》ではない。

ギルドホールの中もざわついている。

「お、おい……あれ本当にミネルバ将軍なのか？」

「俺、こんなに近くで見たの初めてだ」

「嘘だろ？　王家の血筋の公女が、冒険者ギルドに直接顔を出すなんてよ」

ミネルバ将軍は、ニーナさんたちを見て口を開いた。

「どうやら、うちの騎士団の連中が迷惑をかけたようだね」

「そ、そんな……とんでもないです、ミネルバ将軍」

一方で銀竜騎士団の騎士たちは、再び俺を取り囲む。

「ミネルバ様！　どうしてこんな小僧を？」

「い、今のは俺たちが油断をしただけです！」

「何をしやがった、妙な技を使いやがって‼」

その声に再びこちらを向いたミネルバの目は、連中を見てはいない。

まっすぐに俺を見つめている。

そして、連中に言った。

「やめておいた方がいい。お前たちには、見えてさえいなかったようだからね。そこの坊やが本気なら、今足元に転がっているのはお前たちの剣ではなく、その首だよ」

その言葉に、騎士たちは青ざめて後ずさる。

何せ俺はまだ剣を構えたままだ、本当にそうなると思ったのかもしれない。

そして俺も、ミネルバ将軍を前にして剣を握る手に力を込める。

他の騎士たちはどうでもいいが、この女は厄介だ。

俺たち二人の間に漂う緊張感にギルドの空気が凍りついていく。

貰っていくと言っていた割には、俺たちに向ける目は鋭《するど》い。

俺はそんな彼女へと、静かに尋ねた。

「その殺気……どういうつもりだ？　さっきもこいつらには言ったが、もし仲間に手を出すなら、たとえ誰であろうと、俺は許す気はない」

「ふふ、自信家だね、坊や。三大将軍の名を知らぬわけでもなさそうなのに、その上で私の剣を受けるつもりなのかい？」

凄まじい闘気がミネルバ将軍の体から湧き上がっていく。

「レオンさん！」

「いけません！　いくら何でも……」

ティアナとニーナさんが不安そうな声を上げる。

相手はこの国の英雄だ、相手が悪いと思っているのだろう。

同時にロザミアが俺を守るように割って入ろうとしたのを、俺は手で制する。

「主殿」

「俺に任せろ、ロザミア」

白い翼を持つ美剣士は、俺の言葉を受けてゆっくりと剣を引いた。

こいつはいくらロザミアでも危険な相手だ。

ミネルバが剣を抜き、構える。

そして静かに笑みを浮かべた。

「私には坊やの動きが見えていた。坊やは私の剣を捉える自信があるのかい？」

「試してみればいい。答えはすぐに分かる」

次の瞬間——

前触《まえぶ》れもなく、ギルドの入り口に立っているミネルバ将軍の姿が掻き消えた。

ギィイイイイン！

同時に、金属と金属が激しくぶつかり合う音がギルドに響く。

俺とミネルバは、ギルドホールの中央で鍔迫《つばぜ》り合《あ》いをしていた。

先程まで、十メートルは離れていた女の顔が今は眼前にある。

尋常ではない踏み込みの速さだ。

「ふふ、驚いたね。私の太刀筋が見えているらしい。口だけではなかったみたいだ」

「あんたもな。大国アルファリシアの英雄と呼ばれるだけはある」

俺の言葉に、ミネルバ将軍は剣を引いて腰の鞘にしまう。

そしてクルリと踵《きびす》を返した。

「私はこの坊やに前金で金貨十枚を払う。坊や、この条件でいいね？　その腕に対する代価と、非礼に対する詫びも含んだ代金だ」

その言葉にギルドにどよめきが起きる。

「金貨十枚⁉」

「Bランクの冒険者に、そんな大金を」

確かにBランクの冒険者に支払われる金額じゃない。

俺は肩をすくめる。

「光栄だな、助かる。実は今、文なしなんだ」

ミネルバ将軍はそんな俺を見て愉快《ゆかい》そうに笑った。

「ふふ、面白い坊やだね。ジェフリーの顔を見に来ただけだったが、思わぬ掘《ほ》り出し物を見つけたようだ。その代わり、金の分はきっちり働いてもらうよ」

そう言った後、ミネルバはギルドの入り口で振り返る。

「そういえば坊や、あんた飛竜には乗れるのかい？」

「ああ、一応は」

「ふふ、気に入った。お前たち、この坊やに飛竜を一頭用意しな！　飛竜に乗せて、私に同行させる」

ミネルバがそう指示すると、騎士たちが驚きの表情を浮かべた。

「ミネルバ様！　我らが銀竜騎士団の飛竜をこんな小僧に貸し与えるのですか⁉　しかも、ミネルバ様のお傍に控《ひか》えさせるなどと」

「馬を貸し与え、地上を走らせればよいではありませんか！」

騎士たちは、よほど俺のことが気に入らないと見える。

銀竜騎士団の飛竜に俺を乗せることが不満のようだ。

飛竜は文字通り銀竜騎士団のシンボルとも呼べる存在だ。馬が貸し与えられることはあっても、飛竜が一介の冒険者の為に用意されるなんて異例だろうからな。

連中は嫉妬と怒りが入り交じった顔で俺を睨み、小声で吐き捨てる。

「調子に乗るなよ……」

「ミネルバ様の命といえど、お前などに！」

プライドの高そうな騎士たちからしてみれば、気に入らないだろう。

やれやれ、どうしたものかな。

だが、そんな騎士たちは皆すぐに青ざめた。

ミネルバ将軍が静かに彼らを見つめていたからだ。

「私が用意しろと言っている。まさか、もう一度言わせるつもりじゃないだろうね？」

「は！　ミネルバ将軍」

「か、かしこまりました‼」

「すぐに用意いたします！」

連中は俺を睨みつけながら、しかし急いでギルドの外に出ていった。

一人残っていた騎士は俺を睨みながらも、ミネルバ将軍の言葉に従って、俺に金貨十枚、そして冒険者ギルドに紹介料として金貨一枚を支払う。

それを見届けると、ミネルバは俺に言う。

「レオンと言ったね。この後、用意が出来たら都の東門に来るように。飛竜を用意させておこう。それと、仲間を同行させるのは自由だが、連れてくるなら自分で守ること。それが条件だ」

飛竜が一頭あれば、俺が手綱《たづな》を握りティアナを後ろに乗せて飛ぶことぐらい問題ない。

まあ、ロザミアに関しては自力でも飛べるしな。

俺は頷き、ミネルバに答えた。

「了解した、ミネルバ将軍。すぐに行く」

背を向けてギルドを出ていくミネルバ将軍と騎士たち。

それを見届けて、ティアナとロザミアがこちらに駆け寄ってくる。

「レオンさん！」

「主殿！」

「心配かけたなティアナ、ロザミア」

無事に事態が収まって、ニーナさんたちギルドの職員は皆、ほぅっと安堵の溜め息を漏らしている。

そしてニーナさんが、俺の手を握りしめると頭を下げてきた。

「ありがとうございます、レオンさん！　本当に助かりました‼」

「いいんですよ、ニーナさんには良くしてもらってるし。それに金貨十枚の仕事なんて、そうお目にかかれるものじゃないでしょうしね」

「良かった、そう言ってもらえて」

ようやく普段の笑顔が戻るニーナさん。

すると、隣に立っているアイナさんも俺の手を取った。

「レオン君、助けてくれてありがとう！　凄かったわ、これからもよろしくね！」

レオン君、か。

前世を含めれば俺の方が年上なんだが、見た目はこっちの方が若いから、まだ子供扱いされてるんだろうな。まぁいいんだけど。

それにしても、よっぽど怖かったのだろう。

俺の手をしっかりと握って中々放してくれない。

「は、ははは……よろしく。アイナさん」

「アイナ先輩ったら、ほんと分かりやすいんだから」

ニーナさんがなぜかこちらをジト目で眺めながら、ぼそっと呟いた。

「何か言った？　ニーナ」

「いいえ、何も言ってません！」

ニーナとアイナさんの二人は、改めて銀竜騎士団からの依頼書にギルド印を押して、俺に手渡してくれる。

「先程の話ですと、今回の依頼はあくまでもレオンさん一人へのものですけど、仲間を連れていきたいのならそれは自由です。ミネルバ様がそうお認めになられましたから」

ロザミアとティアナはその言葉に頷く。

「私も一緒に行きます」

「無論、私も一緒に行く」

「ああ、分かってる。一緒に行こう」

東門はここからすぐ近くだ。

「アイナさん、ニーナさん、ありがとう。じゃあ行ってくるよ」

「そんな、助かったのはこっちの方よ。ね、ニーナ」

「ええ、先輩！」

二人は顔を見合わせて笑顔になった。

「「気を付けてくださいね！」」

大きく手を振るニーナさんたちに見送られて、俺たちはギルドを後にする。

そして、東門に用意されていた飛竜で大空へと羽ばたいた。

◇◆◇◆◇

レオンたちが立ち去ってからも、ギルドの中はまだざわついていた。

ここに姿を現したミネルバのことはもちろんだが、見事な腕前を披露《ひろう》し自分たちを救ってくれたレオンに対して、女性職員たちから黄色い歓声が上がっているのだ。

アイナはレオンが見えなくなるまで手を振った後、ギルドの扉を閉めながらニーナに言った。

「ねえ、ニーナ！　可愛いわね、レオン君って」

「分かりますか、アイナ先輩！　それに、年下なのに頼れる感じがいいんですよね。あの状況であんなかっこいいこと言えます？　私、痺《しび》れちゃいました」

「分かるわ、それ！　それに、私を守ってくれた時のあの横顔……」

すっかり目がハートマークになっているアイナをジト目で見るニーナ。

「先輩ったら、いつも年下は絶対ないって言ってるくせに、レオンさんの手まで握っちゃって。大体図々《ずうずう》しいですよ、どさくさ紛れにレオン君なんて呼んじゃって」

「あんなに酷い目に遭ったんだもの、いいじゃないそれぐらい。手ならニーナだってしっかり握ってたくせに」

口を尖らせながらも言い返すアイナ。

ニーナは思わず頬を染める。

「わ、私はそんなんじゃありませんから！　彼を巻き込んだ責任を感じて……」

その言葉に、アイナはニーナの顔を覗き込む。

「ふ〜ん。まあ、そういうことにしておくわ……それにしてもあの強さ、ジェフリーギルド長とどっちが強いのかしら？　ふふ、飛びっきりの期待の新人よね！」

「ですね！　アイナ先輩」

二人で盛《も》り上がっていたその時、ギルドの奥から一人の男性職員が二人に向かって歩いてくるのが見えた。

恰幅が良く眼鏡をかけている。

ギルドの中を見渡すと、軽く咳ばらいをしながら口を開く。

「ごほん、ど、どうやら無事解決したようだな。いざとなったら私が出ていくつもりだったんだが」

ニーナとアイナは横目でそれを見る。

「……今までどこに隠れてらしたんですか？　サイアス事務長。ギルド長が不在の時の責任者は事務長のはずですけど」

「見てましたよ。私が騎士団に因縁《いんねん》をつけられ始めたらすぐにギルドの奥に逃げていくのを」

サイアスと呼ばれた男は、再び咳ばらいをする。

「おほん！　何を言うのかねアイナ君。仕事だよ仕事！　急ぎでサインをする書類があってね」

アイナはツンとソッポを向いた。

そして、ぼそっと独り言《ひとりご》つ。

「嘘ばっかり！　ほんとに頼りにならないんだから。まあ、事務長に戦ってくれなんて言わないけど。でも、私が絡まれてるのに、逃げることないでしょ？」

腕利きの冒険者でもあるジェフリーとは違い、サイアスはあくまでも事務責任者だ。

しかしだからといって、自分たちを置いてさっさとギルドの奥の部屋に逃げ込んだ彼に対する職員の目は冷たい。

その視線を感じたのか、サイアスはアイナが手にするレオンへの依頼書を眺めながら話をそらした。

「ほう、それが銀竜騎士団からの依頼書かね。まったく、困ったものだ。同時期にミネルバ将軍の銀竜騎士団とレオナール将軍率いる鷲獅子《グリフォン》騎士団から依頼が来るとはな」

サイアスの態度に閉口《へいこう》しながらもニーナも頷く。

「本当ですね。珍しいこともあるものだわ」

「確かにそうね、ニーナ」

アイナもニーナの言葉に同意すると、レオンに手渡した依頼書と同じ内容が書かれた控えを、国からの依頼をまとめたファイルに入れながらふと思う。

(大体、どうしてミネルバ将軍がわざわざ今回の仕事を指揮するのかしら？　この内容であれば、直接出向かず部下に任せても問題なさそうだけど……)

アイナはファイルに収められた依頼書の控えを眺めながら、言葉では上手く言い表せない違和感を抱く。

(それに、例の額に宝玉がはめ込まれた魔物の事件。最近おかしなことが多いわ。そっちの依頼はジェフリーギルド長が出向いているから、心配はないと思うけれど……)

少し不安げに二枚の依頼書を眺めるアイナの姿に、ニーナは首を傾げる。

「アイナ先輩？　どうしたんですか」

「え？　何でもないわニーナ……私の考えすぎよね、きっと」

アイナは首を横に振ると、先程レオンたちが出ていったギルドの入り口をしばらく眺めていた。

8　人ならざる者

レオンが冒険者ギルドを出てから、しばらく経った後。

都から少し離れた森の中を通る道で、商人の荷馬車の車列が盗賊《とうぞく》たちに襲われていた。

「ひゃっほぉおおお！　おらおらぁ、死にたくなかったらもっと必死に逃げるんだなぁああ‼」

護衛《ごえい》の兵士たちがそれを迎《むか》え撃つ。

護衛はかなりの腕利きで、商隊に金があることが窺《うかが》えた。

荷馬車の数は五台で、護衛の数も三十名に及《およ》ぶ大きな商隊だ。

腕利きの護衛を揃えてあることを考えても、並の盗賊が簡単に襲えるような相手ではない。

だが……

「ぐぁはああ‼」

「ぐふ！　そんな、たかが盗賊風情《ふぜい》に……」

次々と倒されていく護衛たち。

ついには、荷馬車は馬に乗る盗賊の一団にすっかりと囲まれてしまった。

馬車を囲む盗賊の一人が、頬に刀傷《とうしょう》のある男に声をかける。

「ぐへへ、ロファルド様。匂《にお》いますぜ、こりゃあ金と女の匂いだ」

「ああ、楽しみだな」

このロファルドと呼ばれた、頬に傷のある男が盗賊団の頭目《とうもく》だった。

盗賊団はそれなりの人数がいるとはいえ、たかが盗賊。

それを率いるロファルドは決して頭を使うタイプではなく、護衛を全滅《ぜんめつ》させるような策《さく》略《りゃく》を使えるわけではない。

加えて、護衛の中には魔導士も数名いたため、こんな状況に陥《おちい》るはずがない。

しかし……

「くっ！　一体どうなっているのだ⁉」

「なぜ魔法が使えぬ！」

「術さえ使えれば、貴様ら盗賊ごとき‼」

そう言った魔導士たちを、一瞬にして切り裂くロファルドの剣。

「「「ぐあぁああ‼」」」

為《な》すすべもなく、彼らは地面に倒れ込む。

ロファルドは剣を舌で舐《な》めながら、地面に倒れた魔導士たちを眺めて嘲笑った。

「馬鹿が、俺たちには強い味方がついているのよ。ただの盗賊だと思うなよ」

ロファルドの配下の盗賊たちが、荷馬車に積んであるものを掴んで勝利の雄《お》たけびを上げる。

「凄えぜ！　見ろよこの宝石！」

「こっちも凄え、こりゃ金で出来てやがる‼」

美しい細工が施《ほどこ》された杯を、頭の上にかかげる盗賊の男。

そんな中、ロファルドは荷馬車の中に一台の白い馬車が交ざっているのを見て、下卑た笑みを浮かべた。

「どうやら女の匂いは、あの馬車の中からするようだな」

他の盗賊たちも、獣じみた笑みを浮かべる。

「間違いありませんぜ！　ありゃあ貴族の馬車だ」

「商団の護衛に守られて、都に向かう算段だったに違いありませんぜ」

「あの馬車を見りゃあ、上流貴族だって一目で分かる。気取った貴族連中が乗ってやがるに違いねえ」

そう言いながら、白く美しい馬車に向かっていく盗賊の一団。

頭目であるロファルドは先頭を進み、馬車の前に立つとその扉を蹴破《けやぶ》った。

その瞬間――

「この無礼者が！　奥様とお嬢様には指一本触れさせせぬ‼」

「下郎め、死ね‼　はぁあああ‼」

騎士らしき男女が、馬車の中から飛び出してくる。

この馬車に乗る者たちを守る護衛騎士だろう。

騎士たちは見事な腕前で、ロファルドの体を左右から切り裂いた。

頭目を倒せば手下たちも怯《ひる》むと踏んでの攻撃だ。

確実に絶命《ぜつめい》させるほどの深手を負わせたはずだ。

二人の騎士がそう思った、その時――

「馬鹿な……」

「傷が塞がっていく……だと？」

呆然とする男女の騎士の、男の体をロファルドの剣が切り裂いた。

「ぐぁあああああ‼」

「アレン‼」

「さ、サラ……奥様とお嬢様を」

そう言って絶命する男と、唇を噛み締め再び剣を構える女騎士、サラ。

サラはロファルドを睨むと叫ぶ。

「そんな馬鹿な！　あれほどの深手を負いながらなぜ‼」

「言ったろうが。俺たちには強い味方がついているのよ」

そう言って、ロファルドはサラの前に立ち塞がる。

サラはその体に再び剣を突き立てた。

「嘘……」

思わずそう口にするサラ。

彼女の剣は確かに男の体に突き刺さっている。

にもかかわらず、目の前の男は余裕の笑みを浮かべているのだ。

そして、呆然とするサラの頬を強く平手で打つ。

「あ、あう‼」

地面に打ち倒されるサラ。

盗賊たちは彼女を取り囲んだ。

「どうしやす、かしら？　こいつは殺しますかい？」

「かしらの体を二度も斬りつけたんだ、なぶり殺しにしてやりましょうぜ！」

その言葉を聞きながら、ロファルドは邪悪な笑みを浮かべた。

「やめろ、この女も高く売れそうだ。馬車の中にいる貴族の奥方と娘に、この護衛騎士の女。隣国の貴族の中には、まとめて欲しがる奴もいるだろうぜ」

ロファルドはサラを蹴り飛ばすと言った。

「悪趣味な連中だからな。今死んでおけば良かったと思うかもしれねえぜ。おい！　中の女どもを引きずり出せ‼」

「や、やめろ！　奥様とお嬢様だけは……」

主を守るべく必死に立ち上がろうとするサラ。

だが、その時彼女は信じられないものを見た。

「な、何だ……一体何なのだこれは」

盗賊たちの姿が、人ならざるものに変わっていくのだ。

連中の体は一回り大きくなり、その頭には角が生えている。

「オーガ……あり得ない、そんな馬鹿な」

オーガは、強靭《きょうじん》な肉体を持つ魔物として知られている。

だが、確かに先程まで、目の前の男たちは人間だったはずだ。

あり得ない光景である。

ロファルドだったオーガは、サラを見下ろしている。

「くく、これが俺たちの力だ。最高だぜ、この力を与えてくれたあのお方には感謝しねえとな」

オーガたちの手で馬車が破壊され、美しい婦人と少女が外に放り出される。

サラは叫ぶ。

「奥様！　お嬢様‼」

「サラ‼」

「いやぁあああ‼」

叫び声が森の中に木霊《こだま》する。

サラは絶望《ぜつぼう》した。

自分ではどうすることも出来ない無力感。

このまま主と自分は囚《とら》われ、売られていくのだろう。

いや、その前にどのような仕打ちを受けるのか。

騎士として修練《しゅうれん》を積んできて、精神的にも、肉体的にも鍛《きた》え上げてきた自信がある。

しかし今、生まれて初めて膝がガクガクと震えていた。

主である婦人と少女にオーガたちの手が伸びる。

「やめろぉおお！」

サラは叫び、神に祈った。

いくら祈っても助けなど来るはずがない。

サラにもそれは分かっていたが、これから起きることを考えると、神に祈らずにはいられなかったのだ。

主たちだけではなく、自分の顔のすぐそばにも、おぞましい化け物どもの顔が迫ってくる。

ただの醜悪《しゅうあく》な獣ではなく、その瞳には人としての邪悪さを宿しているオーガたち。

サラにとって、その姿は悪魔のように見えた。

（ああ、せめてお嬢様だけでも……神よ！）

絶望を感じながら心の中でそう叫んだ、その時――

主たちを囲む数体のオーガが、突如《とつじょ》降り立った何者かによって斬り倒されていくのをサラは見た。

空高くに見える黒い影は飛竜だろうか。

だとしたら、目の前の人物はあの高さから舞い降りてきたとでもいうのか？

それは一人の少年だった。

右手に真紅の紋章、そしてその手に握られた剣。

あまりの光景に、ロファルドも一瞬凍りつく。

だが、すぐに不敵な笑みを浮かべて叫んだ。

「何者だ貴様！　貴様も護衛の騎士か!?」

少年――レオンは、ゆっくりと振り返り口を開いた。

「――なるほど、喋るオーガか。確かに珍しいな」

その頃上空では、飛竜の背から地上を覗き込む二人の少女がいた。

「レオンさん‼」

少女の片方――ティアナは、飛竜の背から地上に身を躍《おど》らせたレオンに驚いて、彼の身を案じている。

一方で、もう一人の少女、ロザミアはレオンの代わりに飛竜の手綱を握り、落ち着き払っていた。

「ティアナ、心配はいらぬ。シルフィの力だろう、主殿の周囲を風が守っていたからな。まるで舞い降りるがごとく地に降り立ったのが見えた」

「本当ですか？　ロザミアさん！」

「ああ、主殿は私に代わりにティアナを守るように命じた。地上に何か危険な気配を感じたに違いない」

かくいうロザミアも、この辺りに近づくにつれて邪悪な気配を感じるようになっていた。

「あれは、オーガか……もしや、ギルドの依頼にあったものか？」

アイナとニーナから手渡された依頼書に書かれていたのは、ある奇妙なオーガの調査と討伐の側面支援である。

ロザミアは地上を眺めながら呟く。

「数日前そのオーガたちに襲われた者の生き残りが、オーガが人語を話し群れを作っていたのを見たと証言したそうだが……」

ロザミアは周囲を見渡す。

銀竜騎士団の面々とレオンたちは、調査のため、広大なこの森を手分けして探索することになった。

そしてレオンたちはミネルバに同行していたのだが、地上へ身を投じたレオンに二人が気を取られている隙に、ミネルバが乗る銀色の飛竜の姿は消えていた。

「ミネルバ将軍……彼女は一体どこに行ったのだ？」

既に地上に降り立ったのか？

しかし、ならばなぜレオンのそばにその姿が見えないのか。

そもそも、どうして三大将軍の一人であるミネルバがこの作戦を指揮しているのか。

ロザミアは地上を眺めながら思う。

この仕事には疑問に思えることが多すぎる。

第一、オーガが人語を解するなど戯言にしか思えない。

連中は血に飢えた人食い鬼だ。

ロザミアは、今すぐにでも主のもとに舞い降りたい衝動《しょうどう》に駆られたが、彼の言いつけを思い出し、飛竜を滞空《たいくう》させながら地上を眺める。

「主殿……」

一抹《いちまつ》の不安と共に、そう呟きながら。

一方地上では、怯えるでも恐れるでもない泰然《たいぜん》としたレオンの様子に、サラは思わず見とれてしまっていた。

しかし突然の乱入者に、オーガと化したロファルドたちが血走った目で叫ぶ。

「貴様……状況を分かっていないようだな。これからその体を引き裂かれて死ぬことになると！」

そしてサラは、少年を取り囲むオーガたちを見て息をのんだ。

先程よりもさらに体が一回り大きくなり、角《つの》も禍々《まがまが》しくなっていくのだ。

その力は明らかに増している。

しかし少年は気にした様子もなく、オーガたちを見渡すと、剣を構えた。

「やってみろ。俺が死ぬのか、それともお前たちが死ぬことになるのかすぐに分かるだろう」

「俺が死ぬのか、それともお前たちが死ぬことになるのか、だと？　くくく、愚か者めが！　死ぬのは貴様だ‼」

「オーガにしてはよく喋る。言ったはずだ、やってみろと」

レオンがそう言うと同時に、先程、斬り倒したはずのオーガたちが一斉に立ち上がる。

「――いけない！　奴らには剣は通じないわ‼」

サラは叫んだ。

自分がロファルドを斬った時と同じだ。

たとえ刃で切り裂いてもその傷はすぐに塞がり、再び襲い掛かってくる。

そんなサラの叫びを聞きながら、ロファルドは勝ち誇った顔でレオンを眺める。

「ふはは、俺たちは不死身の肉体になったのだ！　野郎ども、このくそ生意気なガキを殺せぇぇえいいい‼」

凶悪《きょうあく》な鬼たちは、ロファルドの合図と共に、そばに生える大木を蹴り上空に舞うと、地上に立つレオンに一気に襲い掛かる。

「馬鹿なガキめ‼」

「その体引き裂いてくれるわ！」

「死ねぇええええいい‼」

頭上から加速しながら迫る、凶悪なオーガの牙と爪。

貴族の婦人と令嬢が悲鳴を上げる。

「きゃぁあああああ‼」

「いやぁああああ‼」

レオンに襲い掛かった数体のオーガたちの鋭い爪が、彼に届いたかと思えたその時――

「ぐがぁ？」

「ぐぅおおおお‼」

「こ、これは何だ？　不死身の体がぁああ‼」

凶悪な鬼たちが、崩れるようにして地面に倒れていった。

先程レオンに斬られた後、塞がったはずの傷が再び開いているのだ。

当のレオンは、静かにロファルドを見つめている。

「どうした、不死身の肉体じゃないのか？」

「ば、馬鹿な！　貴様、何をした⁉　あのお方がくださった体は無敵《むてき》のはずだ‼」

うろたえるロファルドと同じように、サラも驚愕に目を見開く。

（強い……この少年は一体何者なの⁉　あの剣技、それに不死身のはずのあいつらをたった一人で）

レオンはゆっくりとロファルドの方へ歩を進めながら答える。

「無敵だと？　残念だったな、俺はかつて本物の不死者たちと戦ってきたが……貴様らの不死などまがいものだ。役には立たん」

周囲に転がる商隊の人間たちの無残《むざん》な死体に目をやりつつ、レオンはロファルドに尋ねる。

「貴様らにこの力を与えた者の名を教えてもらおうか？　お前が地獄に落ちる前にな」

レオンの言葉に、ロファルドの目が血走り赤く染まっていく。

彼の肉体は、すっかりオーガと化している。

しかしその体が、さらに凶悪な姿へと変貌《へんぼう》し始めた。

筋肉が肥大《ひだい》し、爪はバキバキと音を立てて伸びていく。

サラは思わず息を呑み、主である貴族の婦人と令嬢のもとに駆け寄って、その身を守るように身構えた。

先程、数体のオーガはレオンによって倒されたが、頭目であるロファルドと周囲にいる者、そして自分と主を囲っている多くの者は健在《けんざい》だ。

それらから主を守ろうと、サラは己を奮《ふる》い立たせた。

「フローラ様、エレナ様！」

「ああ、サラ……」

「っ……」

恐怖に怯え切った様子の婦人――フローラと、顔面蒼白《がんめんそうはく》になって言葉を発することすら出来ない令嬢、エレナ。

彼女たちの様子を見て、ロファルドは不敵な笑みを浮かべた。

「小僧……どうやら貴様を甘く見ていたようだ。何者かは知らんが、俺たちの本当の恐ろしさを教えてやろう」

彼の言葉で、オーガたちがまるで陣形《じんけい》を組むように立ち位置を変えていく。

その動きは、特殊な訓練を受けた者たちのそれだった。

サラはオーガたちの動きを見て思う。

(やっぱり、只の盗賊ではないわ。オーガに変わる前の彼らにでさえ、商隊の護衛たちが敵《かな》わなかった。一体何者なの……)

レオンも同じように感じたのか、剣を構えながらロファルドたちを睨む。

「傭兵、いやどこかの国の特殊部隊か？　なるほど、銀竜騎士団が動くはずだ。一体この国で何をしている？」

「くく、銀竜騎士団だと？　そうか、貴様、奴らの手の者か。そろそろこの国の連中も動くとは思っていたが、ならば実験台にはちょうどいい」

「実験だと？」

レオンの問いには答えずに、ロファルドは残忍な笑みを浮かべた。

「森の中での我らは無敵だ。群れた狼《おおかみ》のごとく敵を追い詰め仕留《しと》める。この肉体を得た今、我らの技を受け切れる者などいるはずがない」

ロファルドの配下の者たちも口々に言う。

「『死を告げる狼』、戦場では俺たちのことを皆そう呼んでいる」

「仲間を殺しやがって！　貴様はもう終わりだ」

「くく、貴様を殺して金と女を頂くとしようか。あのお方は奪った金も女も自由にしていいと言ったからな」

その言葉にフローラとエレナは抱き合って、恐怖のあまり身じろぎすら出来ない様子だ。

サラは二人を守るように必死に剣を構える。

増していく緊張感。

しかしレオンは、無防備にロファルドたちに向かって歩を進めた。

それを見て、サラは思わず叫ぶ。

「駄目よ！　ハッタリなんかじゃないわ、貴方なら分かるでしょ‼」

少年なら分かっているはずだ。

目の前の連中の気配が先程とは変わっていることを。

腕利きの護衛を倒すほどの恐るべき修練を積んだ集団が、本気になり、しかもその肉体は人間を超《こ》えている。

ロファルドは、自分たちの包囲網《もう》の中にのこのこと入ってくるレオンを嘲笑った。

「馬鹿めが！　野郎ども、すぐには殺すなよ！　我らの力に怯えて命乞いをするのを見ながら殺してやる‼」

「本当によく喋る。御託はもういい、さっさとかかってこい」

レオンが呆《あき》れ気味にそう言った瞬間、頭目であるロファルドの傍にいた数体のオーガの姿が掻き消えた。

サラが気付いた時には、その姿はレオンの目の前にあった。

（なんてスピード！）

驚愕する彼女をよそに、オーガは罵声《ばせい》を上げながら一斉にレオンに襲い掛かる。

「馬鹿が‼」

「死ねやぁあああああ‼」

交錯《こうさく》する人影。

レオンの肩当が宙を舞い、その服が裂ける。

そして、彼の頬がわずかに切られ、一本の赤い筋が浮かび上がった。

「ああ‼」

「そんな……」

サラとフローラは思わず声を上げた。

唯一の頼りである少年すら敵わぬ相手なのかと。

一方でロファルドが、勝ち誇ったように笑った。

「ふは、ふははは‼　見たか、小僧！　我らの殺人技を。今のは小手調べだ、次は手加減はせん。その喉笛《のどぶえ》を掻き切ってくれるわ‼」

しかし当のレオンは、傷を負ったことを気にする様子もなく、さらに包囲の中に進んでいく。

「いいだろう。もう一度やってみろ、お前たちの自慢の殺人技とやらをな」

そう不敵に笑みを浮かべるレオンへと、サラは叫んだ。

「駄目‼」

確かに彼は、すさまじい強さを持っているだろう。

しかしこのオーガたちの前では、その命は風前《ふうぜん》の灯火に思えた。

「ああ、そんな……」

「いやぁああ」

自分を救ってくれた少年が、これから無残に切り裂かれるのを見ていられないのだろう。

フローラもエレナも、美しい顔を伏《ふ》せた。

そして、彼が死んでしまえば次は自分の番だと考えると、サラでさえ足がガクガクと震えてきた。

七体のオーガが、勝利を確信した表情でレオンを取り囲み、円を描くように彼の周りをグルグルと回り始める。

ロファルドは、そんな部下たちの様子を見て愉快そうに笑った。

「くく、覚悟しろ。これから全身を切り刻んで、女どもの前で無残な肉塊にしてくれるわ！」

オーガたちは暗殺者のような隙のない身のこなしを見せる。

「貴様に倒された者たちは、油断していたに過ぎん」

「今度は、その類の傷程度では済まんぞ」

「くく、恐ろしいか？」

「本来ならば手にしたナイフで獲物を切り裂く技だが、もはやそんなものは必要がない」

「この爪と牙で、貴様の体をバラバラに切り刻んでくれる」

「ふはは！　怯えろ‼」

「これが我らの殺人技、狼牙円殺《ろうがえんさつ》よ！　この円が小さくなり我らの間合《まあ》いに入った時、貴様は為すすべなく切り裂かれるのだ‼」

自分の周囲を回るオーガたちの言葉を聞きながら、レオンは静かに肩をすくめた。

「やれやれ、揃いも揃ってよく喋る」

そしてそのまま、手に握っていた剣を鞘に収めた。

それを見て、サラは目を丸くした。

「そ、そんな！　どうして⁉」

サラが動揺し思わず叫ぶ一方で、ロファルドは哄笑《こうしょう》する。

「くははは！　観念《かんねん》しおったか？　命乞いをしてみろ、惨めに地べたに這いつくばってな‼」

しかしそんなロファルドを、レオンはまっすぐに見据えた。

「貴様らを地獄に送るのに剣など必要ない。この拳だけで十分だ」

そのセリフに一瞬呆然としたロファルドだったが、すぐに怒り狂い、咆哮のような怒声を上げる。

「おのれぇえええい！　我らを愚弄しおって、貴様だけは許さん‼　殺せ！　その体を八《や》つ裂《ざ》きにしろ‼」

頭目と同じように怒りに血走った目で、オーガたちは一気に円を狭《せば》める。

既にレオンは、オーガたちの言う必殺の間合いに入っていた。

「愚か者がぁああ‼」

「死ねぇえええええいい‼」

一斉にレオンに飛び掛かる、飢えた狼の群れ。

ある者は側面から、そしてある者は背後から。

一気に宙に舞い頭上から襲い掛かる者もいる。

人を殺すために磨《みが》き上げた殺人技に、逃れる隙などない。

しかしその瞬間、サラはレオンの体から湧き上がるオーラを感じた。

狼よりも強く雄々しい、まるで獅子のごときその気配を。

「おぉおおおおおお‼」

レオンの気合が周囲に響き渡り、彼を狙ったオーガたちの攻撃は、ことごとく空《くう》を切った。

サラには、レオンの残像が無数に浮かび上がって見えた。

「うぉおおお！　うおらぁ‼」

そして同時に、彼の放つ無数の拳がオーガたちにめり込み、巨体を吹き飛ばしていく。

「凄い……」

サラはその時、ようやく気が付いた。

自分たちの前に現れた少年はまだ、その力の片鱗《へんりん》しか見せていなかったのだ。

こんな状況であるにもかかわらず、サラもフローラも、そしてエレナも彼の姿に思わず見とれていた。

レオンを殺すはずだったオーガたちは、凄まじい拳の一撃に天高く舞い上がり、地面に激突して絶命する。

残りのオーガたちは、獣がより強い獣に本能的に恐れを抱くように、思わず後ずさった。

「ひ、ひいい！　化け物‼」

そう叫んで逃げ出そうとした一体のオーガが、無残に殺された護衛の死体に足を取られ、その場に尻もちをついた。

レオンはそれを眺めながら言った。

「どこへ行くつもりだ？　言ったはずだぞ、貴様らが行く場所は地獄だとな」

その言葉に、ロファルドは激昂《げきこう》する。

「――おのれ！　おのれぇええええ‼　お前たち、何をしている！　この小僧を殺せぇええええいいい‼」

我を忘れたかのような怒声に、再びオーガたちはレオンに襲い掛かった。

命令だからではない。

本能的に感じたのだ、目の前のこの男を殺さなければ自分たちの命はないと。

限界まで凶暴化したオーガたちは、もはや人の原形をとどめておらず、地獄の鬼そのものと言えた。

「貴様ぁあああああ‼」

「殺してやる！　殺してやるぞ‼」

残りの十体ほどのオーガが、まるで獣のようにレオンに迫る。

獰猛《どうもう》な鬼が群れる様《さま》は、まさに地獄絵図《じごくえず》だ。

だが、その鬼の群れは少年の拳によって叩きのめされていく。

商隊の男たちをなぶり殺しにし、エレナたちを奴隷に貶《おとし》めようとしたケダモノたちが倒れていく光景から、エレナは目が離せなかった。

上流貴族の令嬢として生まれ、戦いなど野蛮《やばん》で下等だと信じてきたエレナだったが、目の前の光景からは、全く違う印象を受けた。

レオンの放っている、邪悪な悪魔を打ち倒す、獅子王がごときオーラ。

それはエレナの目には魅力的《みりょくてき》に映り、彼女は思わず神に祈っていた。

「ああ、神よ！　あの凛々しきお方に力を‼」

そんな彼女の見つめる先では、断末魔の叫びを上げて、オーガたちが次々と吹き飛ばされていく。

「ぐがぁあ‼」

「ぶばぁあああ‼」

「ぐぁあああ‼」

レオンの勝利だと、誰もが思ったその時――

「いやぁあああ‼」

エレナの叫び声が上がる。

一体のオーガ――ロファルドが、彼女のもとに一直線に向かっていたのだ。

ロファルドはサラの横をすり抜けると、エレナの背後に立つ。

そしてその巨大な鬼の爪を、彼女の柔肌《やわはだ》に向かって伸ばし、笑い声を上げた。

「ふは！　ふはは！　俺は死なん！　俺に手を出せばこの女を殺すぞ‼」

エレナは恐怖に体が震えた。

だがその瞬間――

「ぶばぁああああ‼」

背後にあった鬼の気配が、そんな声と共に消え去った。

振り向けば、そこにいるのは拳を振り抜いたレオンだった。

その凛々しい横顔に、エレナの鼓動《こどう》が速くなる。

こんな時にどうかしている。

エレナにもそんなことは分かっていた。

しかしどうしても、胸の高鳴りを抑《おさ》えられないでいた。

そんな中、レオンは吹き飛ばされ地面に転がっているロファルドの前に立つ。

「言ったはずだぞ、貴様が行くのは地獄だと」

自分を見下ろすレオンに、ロファルドは呻いた。

「お、愚か者めが……俺を殺せば、何の情報も得られないのだぞ？　この国で一体何が起きているのか、知るすべが失われるのだ」

「安心しろ。お前たちを操っている者の気配は感じている。今頃はミネルバがそちらに向かっているだろう」

それを聞いて、ロファルドは邪悪な顔で笑った。

「ミネルバだと、銀竜騎士団を束ねる女か？　くく、面白い。あのお方相手に、この国の英雄と呼ばれるあの女がどうするか。これで勝ったと思うなよ、貴様らはどうせ死ぬのだ！　ふは！　ふはは！　――ぐぁあああ⁉」

高らかに笑うロファルドだったが、突如その額に黒い魔法陣が浮かび上がり、苦しみ始める。

「これは……」

レオンが眉《まゆ》を顰《ひそ》めると同時に、ロファルドはそのまま絶命した。

「――口封じか。目的が何だったかは知らんが、どうやらこいつらは捨て駒《ごま》に過ぎないようだな」

周囲にオーガや他の敵の気配はない、ここはもう安全だろう。

そう判断したレオンは、森の奥を眺める。

気配を殺してはいるが、森の奥深くから不気味な気配をわずかに感じたのだ。

恐らくその正体は、ロファルドを始末した術者。いざとなれば口を封じるつもりで、あらかじめ術をかけていたに違いない。

ミネルバがここに姿を現さなかったということは、あちらに向かったということだ。

そうレオンは確信していた。

（あのミネルバが不覚を取るとも思えないが、こいつが言ったことも気にかかる。一体何者だ？）

考え込む彼の横に、飛竜が舞い降り、ティアナとロザミアが地面に降り立った。

「大丈夫でしたか⁉」

「まったく、厄介な敵だったな。まぁ主殿の敵ではなかったようだが」

レオンは二人の言葉に頷くと、すぐに気配の方へ向き直った。

「まだ敵が一人残っているようだ。俺はそいつを追う。ロザミア、彼女たちの護衛を任せたぞ。ティアナはあの女剣士の治療を頼む」

「分かった、主殿。任せてくれ」

「はい、レオンさん！」

エレナたちの保護とサラの治療を二人に任せると、レオンは森の奥へ歩き始める。

一方サラは、少年の仲間らしき突然現れた二人をじっと見つめていた。

周囲を警戒しながらエレナたちの保護にあたる白い翼の美少女。

サラはその気配と隙のない動きに感嘆《かんたん》した。

（この子も只者じゃない。それに……）

ロファルドに負わされた傷に手を当てて神に祈るエルフ族の少女。

可憐《かれん》な唇から聖なる詠唱《えいしょう》が紡《つむ》がれる。

「神よ。その慈悲《じひ》を以《もっ》て、この方の痛みを癒《いや》したまえ」

サラの傷はあっという間に癒《い》えていく。

とても優秀なヒーラーだ。

あの少年の存在はもちろんだが、彼をフォローする二人の少女。

無駄な会話をせずとも通じ合う姿、その呼吸はぴったりと合っている。

冒険者のようだが、お互いを信頼し合った優秀なパーティだ。

サラとエレナたちは、ティアナとロザミアに深々と頭を下げて礼を言う。

そして、エレナたちは自分たちを助けてくれた少年の背中に向かって叫んだ。

「あ、あの！　助けてくださいましてありがとうございます！　わ、私はエレナ・ジェファーレントと申します、せめて貴方様のお名前を‼」

だが返事はなかった。

その時にはもう、彼は森の中に消えていたのだ。

可憐な貴族の令嬢は胸に手を当てて、彼が消えた方角をずっと見つめていた。

自分の心を奪った少年の無事を、ただひたすら祈り続けて。

9　人魔錬成《じんまれんせい》

レオンがロファルドたちオーガの群れを倒したその頃、森の奥には一人の男が佇《たたず》んでいた。

背が高く、黒いローブを身に纏っている。

男はロファルドたちがいた方角を向いていたが、オーガたちの気配が完全に消え去ったのを確認して、静かに踵《きびす》を返した。

と、その時――

「待ちな、どこに行くつもりだい？」

女の声が森に響いた。

ローブの男は、声がする方を振り返る。

いつの間にそこにいたのだろうか？

まるで戦女神がごとき美貌の持ち主が、そこに立っていた。

輝くブロンド、涼《すず》しげな瞳。

銀竜騎士団の団長、ミネルバである。

男はその美しい女を眺めながら、楽しそうな声で言う。

「これはこれは。大国アルファリシアの三大将軍の一人が、こんなところにわざわざいらっしゃるとは。お会い出来て光栄です」

男は纏っている黒いローブとは対照的な、白い仮面を被っている。

仮面は笑みを形作っていて、男の表情は見えないが、しかしその内心を表しているようにも見えた。

「人語を喋るオーガ。もしかしたらと思ってやってきたが、人を魔物に変える術、人魔錬成とはね。魔術の中でも禁呪《きんじゅ》中の禁呪だ。こそこそとそんな仮面を被っているところを見ると、知らないわけじゃないだろう？」

ミネルバは、仮面の男に向かって歩を進めながらそう語る。

闇の魔術を究《きわ》めた者しか為し得ず、異端とされるこの禁呪。

それを為す者がいるのであれば捕《と》らえる、それが今回の作戦の裏に隠された、ミネルバの任務だ。

オーガをレオンに任せ、この男のもとにやってきたのはそれが理由である。

先程まで一切の気配を断《た》っていた美貌の将軍の体からは、凄まじい闘気が放たれていた。

仮面の男はミネルバを見つめている。

「まさかこれほどとは。どうやら貴方も、彼らの技を受け継ぐのに相応しい素質を持った人間のようですね」

「彼ら？　何のことだ」

ミネルバの瞳が男を射抜《いぬ》く。

「ふふ、知りませんか？　かつてこの世界は、今のように平穏ではなかった。地には今では信じられないような魔物が満ち、それを倒す者たちのことを、人々は畏《おそ》れと敬意《けいい》を込め倒魔人と呼んでいた。今では物語でしか語られない伝説の四英雄たちも、その一人ですよ」

黒いローブが風に靡《なび》き、白い仮面の奥の瞳は妖《あや》しい光を帯びている。

それを眺めながらミネルバは答える。

「馬鹿馬鹿しいね。伝説の四英雄なんて、存在したかどうかも分からない者たちの話さ」

「いいえ、確かに彼らは存在した。私の目的は、彼らに匹敵する最強の戦士を作り出すことなのですよ」

男の言葉に、美しい女将軍は腰の剣を抜いた。

「何の為にだい？　魔を倒すという倒魔人とやらが存在したとして、人魔錬成に手を出す外道が、高尚《こうしょう》な目的の為に動いているとは思えない。その最強の戦士とやらに、何をさせるつもりか聞かせてもらおうか？」

「ふふ、いいでしょう。もし貴方が私に勝つことが出来たなら教えて差し上げますよ、ミネルバ将軍」

「言うじゃないか、命が惜《お》しくないらしい」

そう言うが早いか、ミネルバは仮面の男の懐に飛び込んでいた。

彼女の攻撃は、ただ速いだけではない。

ミネルバの剣は、下方から上方に向けて鮮《あざ》やかに斬り上げられていた。

黒いローブが切り裂かれ、男の白い仮面にピシリと切れ目が入っていく。

そしてそれは、見事に真っ二つに割れて地に落ちた。

だが、仮面の下から現れた男の顔には笑みが浮かんでいる。

「これほどの腕とは。『この男』も強いと思いましたが、貴方は遥かにその上を行く。これは、ますます欲しくなりましたね。貴方のその体が」

その顔を見て、ミネルバの顔に初めて動揺の色が浮かんだ。

「ジェフリー！　馬鹿な……一体どうなっている⁉」

仮面の下から現れたのは、冒険者ギルドのギルドマスターにしてミネルバがよく知る男、ジェフリーの顔だった。

彼はミネルバと共に、剣聖と呼ばれた同じ師の下で修業《しゅぎょう》を積んだ兄弟子である。

師でさえ舌を巻くほどの才能を持つ、妹弟子のミネルバ。

そして、彼女には及ばぬものの抜きん出た才能を持つ兄弟子のジェフリー。

王国の将軍と冒険者ギルドの長《おさ》という立場の違いはあるが、年に一度、師の命日には酒を酌《く》み交わす仲でもあった。

その男が目の前にいる。

男は、先程とは別人のような声でミネルバに言った。

それは紛れもなくミネルバが知る、ジェフリーの声である。

「に、逃げろミネルバ……この男と戦ってはいかん。お前でも敵わぬ相手だ」

「ジェフリー‼」

体の自由がきかないのか、ジェフリーは腰の剣を抜くと妹弟子であるミネルバに向かって斬りつける。

ギィイイイイイン‼

普段のミネルバであれば余裕をもってかわせたであろう一撃を、ギリギリのところで剣で受け止める。

よく見れば、ジェフリーの額には、黒い宝玉がはめ込まれていた。

それが妖しげな光を帯びてゆくと、ジェフリーの表情とその声が、別人としか思えないものに変わる。

「この男を捕らえるのには苦労しましたよ。私の貴重《きちょう》な実験体を何体も犠牲にしましたからね」

「実験体だと⁉」

ミネルバは問いただすため、一度距離を取る。

しかしその間に、ジェフリーの肉体が変化していた。

「こ、これは‼」

バキバキと音を立てて、人ならざる姿へと変わっていくジェフリー。

そうして現れたのは、額に魔石をはめ漆黒の肉体を持つ、異形《いぎょう》の生物だった。

その生物は、ミネルバを見つめながら笑みを浮かべる。

「ふふふ、人魔錬成など、私の実験の入り口に過ぎません。優れた肉体と力を持つ者を使い、最強の戦士を生み出す。それこそが目的なのです……ですが、この男ではまだ足りない。ミネルバ将軍、貴方のその素晴らしい才能と肉体があれば、それが可能かもしれませんね」

あまりの光景に、ミネルバは思わず声を漏らす。

「くっ！　ジェフリー‼」

目の前に立っているのは、もはやミネルバが知る男ではない。

いや、もう人間ですらなかった。

その生き物は口を開く。

「ふふ、この男は優れモノでしたよ。他の実験体ではこれほどの魔物の肉体は、受け入れることは出来なかった」

禍々しい気が膨らみ、今度は巨大な角が生え、背中からは黒い翼がメキメキと音を立てて広がっていく。

「――グレーターデーモンだと⁉」

ミネルバはその姿を見て、思わず剣を構えた。

高位魔族であり、凶悪な魔物だ。

「どうです？　オーガなどとは一味違いますよ。それに私の実験体は、普通のグレーターデーモンとも別物ですから」

ミネルバは目の前に立つ巨大な黒い魔族へと、剣を向ける。

しかし次の瞬間、魔族の右腕が掻き消えた。

凄まじい速さでミネルバを襲ったのだ。

「ぐっ‼」

ミネルバの呻き声が辺りに響く。

まるで鋼鉄のハンマーのごとき黒い腕の一撃を、ミネルバの闘気を纏った剣が受け止める。

それを見て、魔族と化した男は楽しげに笑った。

「まさかこれを受け止めるとは。並みのグレーターデーモンではとても貴方は倒せないでしょうね、ミネルバ将軍。ですが、これならどうです？」

「なん……だと‼」

ミネルバの瞳には、巨大な魔族の左右の肩から別の腕が生えてくるのが映っていた。

左右に二本ずつ、合計四本の黒い腕。

それは、まさに常軌《じょうき》を逸《いっ》していた。

「いきますよ。くくく、いつまで受けられますか?」

「くっ‼」

振り下ろされる腕は、通常の個体よりも遥かに重く速い。

その腕が合計四本、凄まじい勢いと速度でミネルバを襲う。

それは絶望を感じさせるほどの猛攻《もうこう》だ。

しかし——

「はぁあああああ‼」

ミネルバは気合を込めると、その四本の腕の間を掻い潜《くぐ》り、剣を振るった。

彼女が魔族の背後に立つと同時に、重いものがいくつも地面に落ちる音がずしんと辺りに響いた。

魔族と交差したその瞬間、相手の四本の腕を全て斬り落としたのだ。

漆黒の悪魔が恐るべき魔物だとしたら、その腕を斬り落としたミネルバもまた、魔人と呼べる存在だろう。

戦場に舞い降りた女神のようなその体は、闘気で輝いている。

巨大な魔物は後ずさりながら言う。

「ふふ、ふふふ！　凄い……これほどの女がいるとは。この男など比較になりません、貴方は特別だ。どうしても欲しくなってしまいましたよ」

男の言葉に、ミネルバは吐き捨てるように答える。

「お断りだね。お前は私の趣味じゃない」

「つれない返事ですね。ですが、果たしていつまでその勝気な表情でいられるでしょうか？」

バキバキと音を立てて、再生する四本の腕。

それを見て、ミネルバの美しい瞳が鋭く光る。

ますます強力な闘気が全身に満ち、手にした剣がバチバチと音を立てた。

その姿は、まさに王国の英雄と呼べるだろう。

「しぶとい奴だ。どうやら、首を落とすか心臓を一突きするしかないようだね」

「出来ますか？　しぶといのは本体だけではありませんよ」

その時、ミネルバは足元に違和感を覚えた。

「くっ！　な、なに⁉」

ミネルバの足首を掴んでいるのは、先程斬り落としたはずの腕だ。

それがまるで生きているかのように、しっかりとミネルバの足を掴んでいた。

「普段の貴方なら、そんなへまはしないでしょう。目の前の私に全神経を集中している、そんな状況でなければね」

瞬間、無数の拳がミネルバに向かって放たれる。

ミネルバは必死に剣でそれを防御するも、足元を押さえられては全て受け切ることは不可能だ。

魔族の拳が、ミネルバの鳩尾《みぞおち》や肩に次々とヒットしていく。

「うっ！ うぁあああああ‼」

闘気や鎧の上からでも感じる凄まじい衝撃。

ミネルバの体は弾き飛ばされ、一本の巨木に激突する。

「ぐは‼」

この国の人間であれば、かのミネルバ将軍が、ここまで苦戦することがあるなど、信じることが出来ないであろう。

ミネルバは自分の体をチェックする。

肋骨《ろっこつ》が折れているが、まだ戦える。諦めるにはまだ早い。

だが――

「うぁあああああ‼」

美しいその唇が悲鳴を上げた。

いつの間にか迫っていた魔族の巨体が、ミネルバの上に伸《の》し掛かってきたのだ。

そしてその太い指が、ミネルバの首を締め上げていく。

「その瞳、まだ諦めていないとは。ならば、これではどうです？」

魔族はミネルバの首を絞めている一本以外の腕で、彼女の肩を押さえつける。

そしてミネルバは次の瞬間、関節が外れるのを感じた。

「ぐっ！　うぁああああああ‼」

魔物は面白がるように、外れたばかりの彼女の肩を強く握りしめる。

「これでもう、自慢の剣技は使えませんね。どうです？　英雄とまで呼ばれた貴方が、こうやってなぶりものにされる気分は」

「くっ……こ、殺せ！　貴様のような外道になぶられるぐらいなら死んだ方がましだ！」

怒りに震えるミネルバの体を押さえつけながら、男は笑った。

そして、ミネルバの耳元に顔を近づけると囁く。

「ふふ、そうはいかない。言ったはずですよ、貴方の体は私が貰うと」

魔族の目が、額にはめ込まれた黒い宝玉が、妖しく光る。

その光を目にしたミネルバは、得体の知れぬ邪悪で圧倒的な力に、自分の全てを塗り替えられ支配されそうになるのを感じた。

「や、やめろ……いや！　やめて‼」

そして同時に、自分が普通の女のように声を上げていることにも気が付いた。

今まで感じたことがないほどの恐怖に、怯えている自分をはっきりと感じる。

もう駄目だと感じたその時、ミネルバは霞《かす》みかけた視界の中で、自分を押さえつける魔物の腕が全て切り落とされるのを見た。

自分を押さえつけていた魔物がその場から飛び退《の》き、こちらを窺っている。

そして、ミネルバを守るようにして、一人の少年が目の前に立った。

背を向ける彼の右手には、真紅の紋章が輝いている。

「どうやら来て正解だったようだな。薄汚い気配が溢れてやがる」

魔族と化した男は、その少年の姿を見て愕然《がくぜん》としている。

「まさか……その右手の紋章」

そして、静かに続けた。

「信じられませんね。まさかこんな大物に出くわすとは」

「俺を知っているのか？」

少年の言葉に、魔物はまるで人間のような笑みを浮かべる。

「くくく、もちろんです。かの四英雄、その中でも最強と呼ばれた男。獅子王ジーク、貴方とこんな場所で出会うとは思いませんでしたよ」

10　銀色の翼

魔物と化した男の言葉に、ミネルバはぼんやりと少年の背中を見つめた。

外《はず》された肩が酷く痛む。そしてこの国の英雄と呼ばれた自分が怯え、まるで少女のように悲鳴を上げたことが許せない。

しかしそんなことよりも、魔族の言葉が気になった。

「四英雄……獅子王ジークだと？」

そんな御伽噺《おとぎばなし》のような存在が、自分の前に立つ少年だと？

あの魔族の言葉が本当であれば、彼の右手の紋章、それが四英雄の証だということになる。

ミネルバは到底信じられないと思う一方で、自分を守ってくれている背中に逞《たくま》しさを感じている自分に気が付いた。

今まで男にそんな感情を抱いたことなどないというのに。

それを恥じるように、唇を噛み首を横に振るミネルバ。

一方で、レオンが斬り落としたグレーターデーモンの腕は再生されていく。

その様を眺めながら、魔族は意外そうな声で言った。

「ふふ、おかしいですね。あのオーガどもよりは遥かに優れた再生能力を持つ肉体ではありますが、もしも貴方が本物の獅子王ジークであれば、この腕の傷が再生されるはずがない」

「俺が本物かどうか試してみるか?」

レオンはそう言うと、四本の腕を持つ魔族に向かって歩いていく。

その瞳には怯えも迷《まよ》いもない。

巨大な魔族はその余裕を見て、ゆっくりと後ずさる。

「私はそれほど自信家ではありませんよ。もし貴方が本物だとしたら、この程度の肉体で挑むのは無謀《むぼう》の極《きわ》みですからね」

「そうか。だが言っておくが、俺はお前を逃がすつもりはない」

剣を構えたレオンの宣告に、魔族は笑みを浮かべ、首を横に振る。

「いいえいいえ、逃げるつもりはありませんよ。そもそも貴方が獅子王ジークなら、逃げることなど出来るはずもない。私は、『この程度の肉体』で挑むことが無謀だと言ったのです」

その瞬間、魔族はその場に倒れ伏した。

次第にその体は、異形から人間へと変わっていく。

ミネルバは思わず叫んだ。

「ジェフリー‼」

同時に、ビクンとミネルバの体が震えた。

声が聞こえたのだ。

自分の耳元から……いや違う、自分の内側から。

「あの男にはもう興味はありません。それよりも、遥かに優れた才能と肉体を持つ女を見つけましたからね」

「やめろ……やめてくれ‼」

ミネルバは叫んだ。

自分の精神の中に何かが入ってくる。

心に生じたわずかな亀裂《きれつ》を通り、易々《やすやす》とそれが自分を侵食《しんしょく》していくのを感じる。

ミネルバには、その亀裂の原因が分かっていた。

初めて敵に怯えを抱いた、あの時だ。

それを見透《みす》かすような魔族と目が合った時に、心の中に入り込まれたのだ。

折れた肋骨が修復《しゅうふく》されていくのが分かる。

外れたはずの肩の関節が、筋肉の収縮《しゅうしゅく》だけで元通りになる。

自分の肉体でありながら、そうではなくなっていく感覚。

（やめて！　お願いもうやめてくれ！　わ、わたしは‼）

全身が震え吐き気がする。

肉体だけではない、精神まで支配されていくことに耐えられずに叫んだ。

「ああ！　あああああ！　いやぁあああ!!」

レオンは為すすべもなく、ミネルバが変わっていく様《さま》を見つめるしかない。

そして次の瞬間――

ミネルバの体が反《そ》り返り、背中に一気に翼が――銀色の竜族の翼が広がっていく。

それはディバインドラゴンという高位ドラゴンのものだ。

皮肉なことに、銀竜騎士団を束ねる彼女には相応しい翼だとレオンは思ってしまった。

続いて、ジェフリーの額から黒い宝玉が消え、代わりにミネルバの額に現れる。

そこにいるのは、魔物と呼ぶにはあまりにも美しい生き物だ。

ミネルバは閉じていた目を開くとレオンを見つめ、そしてその美しい声が辺りに響いた。

それはミネルバのものであって、そうではない。

「素晴らしい、人の姿を残したまま竜の力を取り込めるとは。この女は、間違いなく私の最高傑作《けっさく》です」

彼女の全身から、竜と人の闘気が溢れる。

この姿に見とれない者などいないだろうと、レオンは思った。

「英雄と呼ばれた女の肉体に、竜の力。四英雄の一人、獅子王ジークと戦うのに相応しい体だとは思いませんか？」

ミネルバを操る男の言葉に、レオンは静かに答えた。

「四英雄か。どうやら、俺たちのことをよく分かっていないらしいな。お前のような外道を、俺は今まで数え切れないほど倒してきた」

「ふふ、ならば試させていただきますよ。伝説の四英雄がどれほどの力を持っているのかを！」

楽しげにミネルバが言った瞬間、彼女の翼が羽ばたく。

かと思えば、その美しい体がその場から消える。

ギィイイイン‼

しかし彼女の振るった剣は、レオンによって防がれていた。

それから繰り返しぶつかり合う剣と剣。

レオンとミネルバの間には、激しい剣戟《けんげき》が繰り広げられていた。

その剣技は、冒険者ギルドでレオンと手合わせをした時よりも遥かに強く、速い。

「み、ミネルバ……」

ジェフリーは、地面に倒れ呻きながら二人の戦いを見ていた。

彼女は同じ師に剣を教わった妹弟子だ。その才能は、ジェフリーが一番よく知っている。

だが、目の前のミネルバの剣技はジェフリーが知るそれを遥かに超えていた。

美しい翼を背中に輝かせ、竜と人の闘気を纏う美姫《びき》。

まさに人としての限界を超えた存在だろう。

だが、だとすれば、その攻撃を防ぎ続けるあの男は、一体何者なのだ？

首からは冒険者の証が提げられているが、あの顔は見たことがない。

つまりは自分が不在の間にギルドに加入した新人だろう。

いきなりBランクになっているということは、かなりの実力を持っていることは分かるが……

「馬鹿な……Bランクの冒険者だと？　そんな次元の腕ではない。一体、あの少年は何者なんだ……まさか本当に伝説の四英雄だとでも」

そこまで言って、ジェフリーは首を横に振った。

もしそうだとしても、伝説が正しければ彼らは二千年前の存在だ。この時代に生きているはずもない。

そう考え込む彼の前では、未だに戦いは続いていた。

ミネルバとレオン、二人の力は拮抗《きっこう》している。

激しい鍔迫り合いの後、一度大きく距離を取る二人。

ミネルバの目は、地に伏したジェフリーを捉え、嘲笑うかのように眺めた。

「まだ生きていましたか、貴方もしぶといですね。ですが安心してください、この戦いが終わったら、ゆっくりと始末してあげますよ。この女とは共に剣を学んだ仲だと言うではありませんか？　そんな貴方を切り刻む自分の姿を見て、この女はどう思うのでしょうね」

その言葉とは裏腹《うらはら》に、ミネルバは涙を流していた。

自分の体と心を、いいように操られていることへの屈辱《くつじょく》の涙だろう。

その唇から彼女自身の声が響く。

「こ……この、ケダモノめ‼」

凄まじい闘気がミネルバの体から放たれた。

同じ唇から笑い声が漏れる。

「くくく、貴方は本当に素晴らしい。私への怒り、そして憎しみ、それがさらなる力を生み出す」

ゆっくりと足を踏み出すその姿。

「兄弟子だけではない。貴方の部下の騎士どもも、そして親や兄弟も、皆貴方の手で殺してあげましょう。ミネルバ、貴方はそれをその目で見るのです。最高だと思いませんか？

その時、貴方は完全に闇に落ちる」

ミネルバの頬を流れる涙は、血の涙に変わっていた。

この男ならばやるだろう。

ミネルバが見ている前で、平然と彼女の大切な者たちを切り刻むに違いない。

まるで獣のような咆哮が、ミネルバの口から放たれる。

「うぁあああああ‼」

その瞬間――

凄まじい力がミネルバの体から放出され、彼女の剣がレオンの頬を切り裂いた。

「そうです、私を憎みなさい。抑えがたいその憎しみが、貴方を最強の戦士に導くのです」

初めて二人の力の均衡《きんこう》が崩れたのを感じ、ミネルバを操る男は声を上げて笑った。

高まっていく力に、勝利を確信したのだろう。

そこからは、形勢が一気に変わっていく。

ミネルバの凄まじい突きが、レオンの肩当を貫きその闘気で焼き尽くす。

「ふふ、あははは！　もはや私に敵などいない。伝説の四英雄とですら互角《ごかく》以上に戦えるのだから！　獅子王ジーク、これで終わりです！」

恐ろしい速さで引き戻された剣が、再び突きを放った。

レオンの心臓を貫くミネルバの剣。

彼女は口元に勝利の笑みを浮かべている。

だが――

「互角だと？　やはりお前は何も分かっていない」

レオンの言葉に、高揚《こうよう》していた彼女の顔が凍りつく。

正確に言えば、彼女を支配している何者かの表情が。

貫いたはずのレオンの体が幻影《げんえい》のように消え去ったのだ。

人間を超えたミネルバの突きを受けたのは、それさえも超える速さでかわしたレオンの残像だった。

同時に、レオンの左手に、右手と同じ紋章が浮かび上がる。

その体から湧き上がる闘気は、先程よりも遥かに高まっていた。

「馬鹿な！　これは一体……」

ミネルバの唇から声が漏れる。

その頬を撫でるように風が吹くと、レオンの周囲を渦《うず》を巻くように集まっていく。

そしてレオンの隣に、風を纏った小さな少女が現れた。

「レオン、準備は出来たわ。でも、今の貴方じゃ使えるのは一度きりよ。これで決めないと後がないわ！」

「ああ、シルフィ」

両手の真紅の紋章の輝きが、次第に増す。

「おぉおおおおお‼」

少年の咆哮に合わせて大地が震動《しんどう》する。

彼が手にした剣の表面に、黄金の魔法陣が幾《いく》つも連《つら》なって描かれた。

その剣に力を与えているのは、いつの間にか頭上に現れた、炎によって描かれた巨大な魔法陣だ。

レオンの両手の紋章から溢れ出る闘気は激しい炎となって、シルフィが作り出した風の流れに乗って上空に舞い上がり、魔法陣を描いたのである。

「な、何！　こ、これは⁉」

ミネルバの中に巣くう男の口から、初めて動揺の声が漏れる。

レオンの両手の紋章から溢れる紅蓮《ぐれん》の炎は、黄金に輝く炎へと変わり、風に乗って周囲に渦巻《うずま》いていく。

そして空中の魔法陣は次第に黄金に輝いていった。

上空から見た者がいれば、その辺り一帯が黄金の光を放っているように見えるだろう。

そこから放たれる光が、ミネルバの翼を一気に焼き払う。

「ぐっ！　ぐぁあああああ‼」

美しい唇から醜い悲鳴が放たれる。

血走った目がレオンを睨んでいた。

「まさか！　さ、最初から、この術を使うための時間を稼いでいたのですか？　馬鹿な、この女と戦いながらそんな真似が」

レオンは静かに答えた。

「ああ、二千年前ならともかく、今の俺の肉体だと少し時間がかかる術なんでな。この光の炎の中では、貴様のような連中は長くは存在出来んぞ」

ピシリと音を立てて、ひびが入っていく額の魔石。

ミネルバの手が、咄嗟《とっさ》にそれを押さえる。

その手の下からレオンを睨みつける目は、怒りに満ちていた。

「お、おのれ……よくもこの石を！　私の研究の成果を‼」

「研究の成果だと？　それがどれほどの命を吸って作り上げられたものなのかは知らんが、言ったはずだ。貴様のような外道を、俺は今まで数えきれないほど倒してきたとな」

レオンがそう言い放つと同時に、ミネルバの体がゆらりとぐらつくと、地面に倒れ伏す。

代わりにひび割れた魔石の中から、黒い影のようなものが揺らめき立った。

その瞬間、空中の黄金の魔法陣が消え去り、レオンの両手の紋章の輝きと共に、全ての光が剣に凝縮《ぎょうしゅく》された。

「おぉおおおお！　倒魔流剣術奥義！　獅子王聖炎風滅《ししおうせいえんふうめつ》‼」

レオンの剣が凄まじいスピードで一閃《いっせん》され、そこから巨大な黄金の獅子が放たれる。

黄金の炎が具現化《ぐげんか》したそれは咆哮を上げ、渦巻く風に乗り宙を駆けると、その牙で黒い影を切り裂いた。

「ぐっ‼　ぐぁあああああ‼」

凄まじい叫びを放つ黒い影。

黄金の炎に焼き尽くされていくその姿はおぞましい。

それは揺らめきながら、怒りを滲《にじ》ませた声でレオンに言った。

「おのれ……こ、これで終わりではありませんよ。これは只の私の影に過ぎない。ふふ、獅子王ジーク……まさかこれほどとは」

「影だと？」

レオンの問いには答えずに、消滅しかかっているその影は笑った。

「貴方の強さに敬意を表して、一つだけ教えてあげましょう。この時代を生きている四英雄は貴方一人ではない……少なくとも他に一人私は知っている」

「何だと！　誰のことを言っている⁉」

レオンの言葉に、黒い影の残滓《ざんし》は哄笑《こうしょう》した。

「ふふ、ふふふ……いずれ、また会いましょうジーク！　その日までどうか息災《そくさい》で」

その瞬間——

魔石が完全に砕け、灰となって風に飛ばされてた。

それと同時に、黄金に輝いていたレオンの英雄紋も光を失い消えていく。

「まさか本当に、俺と同じ四英雄の誰かがこの時代に生きているというのか……」

レオンは思わずその場に立ち尽くした。

しかししばらくすると、崩れ落ちるようにして倒れていたミネルバの体を抱き上げた。

レオンが気を注ぎ込むと、ミネルバはその美しい瞳をゆっくりと開いた。

彼女は霞む意識の中、自分があの男から解放され、少年の腕に抱かれていることを認識した。

(倒したのか……あの男を。獅子王ジーク、本当にこの坊やが伝説の四英雄の一人だとでもいうのか?)

どう見ても、まだ自分よりも年下の少年だ。

だが自分を抱き留めている男の顔はとても雄々しく見える。

礼を言わなくてはいけないことは分かっている。

だがミネルバは、自分を抱きかかえる少年から思わず目を背けた。

「は、放せ。自分で歩ける……私は平気だ」

この国の英雄である自分が、彼の前で見せた姿。

それを思い出すと頬が赤く染まった。

自分の力で立とうとして、全身の痛みに呻く。

「あぅ!」

結局、ミネルバはレオンに体を預《あず》ける。

しなやかな体が、ぐったりとレオンに寄り掛かった。

「意地を張るなよ、ミネルバ。急激な体の変化のせいで、相当辛いだろう？」

「……すまない、世話になる」

美しい女騎士は唇を噛み締めながらそう言うと、遠ざかる意識の中で、自分を抱いている逞しい男の胸にそっと身を寄せていた。

◇◆◇◆◇

鷲獅子《グリフォン》騎士団を率いる将軍、レオナール・バルドロアスの屋敷の地下には、使用人も知らない、祭壇《さいだん》がある秘密の部屋が存在している。

その祭壇の前で、一人の男が呻き声を上げて地に膝をついた。

祭壇の上には巨大な鏡が置いてあるのだが、それはまるで十字に切り裂かれたようにひび割れていた。

「ふふ、ふふふ。強い……あれが四英雄の中でも最強と呼ばれた男。獅子王ジークですか」

濡《ぬ》れたように艶《つや》やかな黒髪、そしてまるで女性のような端整《たんせい》な顔立ち。その美貌は、並の美女など比較にならない。

年齢は二十代前半、穏やかな雰囲気はまるで聖人のようだ。

男が着る法衣は、この国の教会の頂点、教皇にのみ許されたもので、右手には同じく教皇の証である赤い宝玉のはまった指輪が光っている。

しかしその法衣の胸の部分は、鏡と同じように無残に十字に切り裂かれていた。

「危《あぶ》ないところでした。影だけでなく、ここにいるこの私まで滅するような一撃を放つとは」

男はゆっくりと立ち上がると、愉快そうに破れた法衣を眺める。

「獅子王ジーク。ふふ、私は貴方が欲しくなりましたよ」

先程までそこに映っていた少年を思い出し、青年は割れた鏡に触れながら、頬をわずかに上気《じょうき》させる。

それを見て、隣の男は嫉妬まじりの怒りに震える。

「殿下《でんか》！　おのれ……あの下郎め。この国の尊き教皇にして第二王子であられるジュリアン様にこのような無礼、今から私が奴を殺して参りましょう！」

激怒《げきど》しているのは、鷲獅子《グリフォン》騎士団を率いる三大将軍の一人にして、この屋敷の主であるレオナール将軍である。

武人の家系であるバルドロアス伯爵《はくしゃく》家に生まれ、その稀有《けう》な才能でこの国の武人の最高位である将軍の一人にまで上り詰めた男だ。

年齢はまだ三十代前半、ミネルバは別格として、この歳では異例の出世である。

逞しい肉体と精悍《せいかん》な顔立ちに加え、ミネルバに匹敵する武技を持つ彼は、国民からの人《にん》気《き》も高い。

しかし、法衣を着た男——ジュリアンは、レオナールを振り返ると笑みを浮かべて制した。

「レオナール、今はまだあの男に手を出してはいけない。たとえ貴方でも勝ち目はありませんよ」

「そ、そんな！　いざとなれば、私には殿下から授《さず》かった力がございます！」

納得出来ない様子のレオナールの口を、ジュリアンは美しい指先でそっと塞ぐ。

まるで女性のようなその仕草は、彼をよく知るレオナールでさえ、本当に男なのだろうかと疑問を抱くほどだ。

「あの場にミネルバ将軍が現れるとは思いませんでしたが、あれほどの力を持つ女と私の魔石の力を以てしても勝てぬ相手です。レオナール、私は貴方を失いたくない。分かってくれますね？」

そう言って、ジュリアンは寄り添うように将軍の傍に立つ。

レオナールは、先程まで鏡に映っていた男への怒りを抑えながら答えた。

「殿下がそう仰るのであれば。ですが、奴は殿下の存在をいずれ嗅《か》ぎつけるのでは」

「ふふ、心配はいりません。彼が触れたのは只の影に過ぎない。普段の私の姿と気配から、それと気が付くことはないでしょう」

確かに、今レオナールの前にいる男の気配は、闇というよりは聖なるもののそれだ。

レオナールが納得していると、ジュリアンが微笑みを浮かべる。

「今回はあの魔石の力を試すだけのつもりでしたが、思わぬ成果がありました。レオナール、貴方には感謝しています」

「はっ！　これも殿下がこの国の王、ひいては大陸の覇者《はしゃ》となるため。このレオナール、どこまでも殿下について参ります」

「頼もしいことですね。期待していますよ、レオナール」

額に石のある魔物の討伐について、冒険者ギルドに依頼をしたのはレオナールの率いる鷲獅子《グリフォン》騎士団だ。

最初から、ジェフリーたち冒険者を実験台として使うつもりだったのだ。

そして、喋るオーガというイレギュラーな魔物を出現させ、銀竜騎士団――ミネルバが動く状況を作り出した。

額に石のある魔物に、異様なオーガ。

その全てが実験台となる強者を引き寄せる為の餌《えさ》だった。

「レオナール。それよりもあのオーガたちから、こちらのことが漏れる危険はありませんか？」

「は！　殿下、その心配はございません。奴らは元々、その残忍さゆえに他国を追われ流れてきた戦士です。近年我が国との戦でその国も滅《ほろ》んでおりますし、死体から辿《たど》ったところで何も分かりますまい」

「ふふ、流石です。残念なのは、あの魔石が破壊されたことですね。予備はありますが、あれほどの力を再び蓄《たくわ》えるには、多くの生《い》け贄《にえ》が必要になるでしょうからね」

レオナールはその言葉に頷くと答えた。

「御心配には及びません殿下。戦争の火種はどこにでも落ちているものです」

「そうですか。任せましたよ、レオナール。私がこの大陸の覇者となれば、約束通り貴方にこの国を与えましょう」

レオナールは野心に満ちた顔で頷いた。

「ありがたき幸せ。殿下、その暁《あかつき》には……」

「ふふ、もちろんミネルバ将軍は貴方の好きなようになさい」

それを聞いて、レオナールは残忍な顔で笑った。

「あの女は、この私の求婚《きゅうこん》を断った。公爵家の令嬢だと言うことを鼻にかけおって！　私の女にして身の程を思い知らせてくれる」

鷲獅子《グリフォン》騎士団を率いる将軍であるレオナールが、銀竜騎士団のミネルバに袖《そで》にされた話はこの国の者であれば皆が知っている。

それ故に騎士団同士が犬猿《けんえん》の仲であることも。

レオナールが王家の血を引いた公女を妻にしたいと望んだのは、さらなる出世のためと非常に野心家らしい理由だ。

断ったミネルバに対して異常な執着《しゅうちゃく》を見せているのは、自他共に認める高いプライドを傷つけられたからだろうと人々に噂されていた。

「レオナール。好きなようにとは言いましたが、油断をすると噛みつかれますよ。精々従順な女になるように躾《しつ》けるのですね」

「もちろんです殿下。あの小生意気な女に、男に仕えるとはどういうことか、たっぷり教えてやりましょう」

残忍な笑みを浮かべるレオナールを眺めた後、ジュリアンは祭壇に目をやる。

「父上や兄上を殺してこの国の王座《ぎょくざ》を手にする日も近い。ですが、その邪魔になるようなら、あの四英雄を倒せるほどの力を手にしておくべきでしょう。確かに強いが伝説ほどではない、どうやら例の呪いの話は本当のようですね」

「……四英雄と言えば、もう一人のあの男はいかがいたしますか？　まだ奴は獅子王ジークの存在は知りますまい」

レオナールの言葉に、ジュリアンは振り返りゆっくりと祭壇を下りていく。

そして、レオナールに答えた。

「雷の紋章を持つ男……雷神エルフィウスですか。放っておきなさい。上手くすれば四英雄同士戦わせることも出来るかもしれない。伝説の四英雄同士の戦い。ふふ、面白いとは思いませんか？」

11　晩餐《ばんさん》

「ふぅ、やれやれだな」

俺、レオンはそう呟くと、ミネルバの体を柔らかい草の上に寝かせた。

倒れているギルドマスターのジェフリーもその横に運んで、俺もどっかりと座り込んだ。

流石に疲れたな。

シルフィが心配そうに肩の上にとまると、俺の顔を覗き込む。

「大丈夫？　レオン！」

「ああ、何とかな」

今の俺には、あの手の技の連発は出来ない。

前世で死ぬ直前、あいつにかけられた呪いのせいだ。

シルフィが言っていたように、使えて一発きりだ。

「それにしても、一体あいつ何だったの？　レオンにあんな技まで使わせるなんて」

「さてな。あの野郎、自分のことを影だとぬかしてやがった。奴の魂ごと滅するつもりで技を放ったが、逃げられるとは思わなかったぜ」

しかし、素直に驚いた。

あれほどの魔術を使う奴がこの時代にいるなんてな。

しかも、奴がミネルバと同化させた竜はこの時代には存在しないはずだ。

輝く銀の翼を持つディバインドラゴン。

二千年前ならともかく、今の時代じゃ、伝説級の化け物だろう。

「あの野郎、一体何者だ？」

不気味な野郎だ。

俺の言葉にシルフィは頷く。

「気になるわね」

「ああ、どうやらこの国で何かが起きているようだな」

ヴァンパイアのバルウィルドが言っていた、『あのお方』という言葉も気にかかる。

それがあの影のことなのかは分からないが、いずれにしても何らかの繋がりを感じる。

この国の英雄の一人であるミネルバさえも凌駕《りょうが》する存在となると、只者ではない。

しかもそれだけではなく、倒魔人の存在、そして俺と同じように英雄紋を持つ者を知っていると奴は言った。

「調べてみる必要があるな」

「そうね、レオン」

仲間のことも気になるが、もし奴がまだ死んでいないとしたら確実に始末する必要がある。

人魔錬成や黒い宝玉など、奴の目的が何かは知らないが、放置しておくには危険すぎる相手だ。

とりあえず、あの宝玉は砕いたから、すぐに何か出来るとは思えないがな。

ふぅと息を吐きながら空を見上げると、大空を羽ばたく飛竜の姿が見える。

それはまっすぐにこちらにやってきて、俺たちの傍に着地した。

「レオンさん！」

「主殿！　無事か!?　遠くからも見えたが、あの光は一体」

飛竜から降りてきたのはロザミアとティアナだ。

二人の話によると、あの後銀竜騎士団の後発隊があの場所にやってきたので、保護した貴族の令嬢たちを急ぎ都に運ぶよう伝えたそうだ。

「その後すぐ森の奥から主殿の強い力を感じた。すまない、ティアナまで連れてきてしまって。だが、いても立ってもいられなくなって」

「ロザミアさんを叱らないで！　私が無理を言ったの、私も連れていってって!!」

そう言ってこちらをまっすぐ見つめる二人。

俺のことを心から心配しているのが分かる。

たとえどんな危険があろうとも、どうしても駆けつけたかったという気持ちが伝わってきた。

俺は二人の頭に手を置き、その髪を撫でた。

「叱りゃしないさ。安心しろ、もうかたはつけた」

仲間を心配する気持ちは理屈じゃない。

こちらを見つめる二人の眼差《まなざ》しに、俺は昔のことを少し思い出した。

俺とシルフィの無事を確認して安堵する二人に、経緯《けいい》を説明する。

そして、ティアナにはミネルバとジェフリーの治療を頼んだ。

あの金色の光で包まれることによって、魔に侵食されたことへの応急処置になってはいる。

とはいえ、後はヒーラーのティアナに任せるのがいいだろう。

何しろ、俺もシルフィもさっきの一戦でほとんど力を使い果たしたからな。

「分かりました、レオンさん。任せてください！」

「すまないな。助かるぜティアナ」

彼女は頷くと、二人の傍に座って詠唱を始める。

神聖な光に包まれるティアナ。

まったくガルフの奴も愚かなことをしたものだ。これだけ優秀なヒーラーを、金貨一枚の為に手放すことになったんだからな。

そんな中、幾つかの方角から飛竜がこちらにやってくるのが見えた。

恐らくは、先程の光を見た銀竜騎士団の連中が集まってきたのだろう。

十頭程度の飛竜が次々と俺たちの周りに舞い降りると、倒れているミネルバを見て声を上げる。

「ミネルバ様！」

「一体これは⁉」

中には俺たちを見て剣を抜く奴までいる。

「おい、お前たち！　説明せよ」

「事と次第によっては只では済まさんぞ……」

そう言ったのは、冒険者ギルドで俺と揉めた男だ。

アイナさんの腕を締め上げ、その後、俺に腕をねじ上げられたのを根に持っているのだろう。

「やれやれだな」

俺が立ち上がろうとすると、ミネルバの声がした。

ティアナの治療が功《こう》を奏《そう》したのだろう。

まだぐったりと横たわってはいるが、わずかに目を開けて部下たちに命じる。

「下がれ。レオンは仕事を果たした、彼らに手を出した者は私が許さない」

横たわりながらも鋭い殺気を放っている。

……怖《こえ》えな。

流石、これだけの騎士団を束ねる女だ。

あれだけの目に遭っても、その気丈《きじょう》さは変わっていない。

ミネルバの声に、騎士たちは一斉に剣を収めた。

「し、しかしミネルバ様」

「そのお姿、一体何があったのです？」

当然の問いだろうな。

グレーターデーモンとの戦いでミネルバの鎧はへこみ、その服はところどころ破れている。

三大将軍と呼ばれるこの国の英雄をこんな姿にする者がいるなどとは、連中には想像もつかないだろう。

あの仮面の男にされた屈辱を思い出したのか、艶やかな唇を噛み締めるミネルバ。

倒すべき相手に使役されたなど、沽券《こけん》に関わるだろう。騎士たちに話せることではないに違いない。

それでも真実を話そうとする彼女の肩に、俺は手を置いた。

そして代わりに連中に説明をした。

「銀竜騎士団への依頼はもちろん、鷲獅子《グリフォン》騎士団からの依頼もミネルバ将軍が解決した。不思議な術を使う敵でな。ジェフリーギルド長と連携して見事に倒したが、二人とも大技を使ったから、しばらく体を休ませていたところなんだ」

その言葉にミネルバは目を見開く。

「レオン、あんた……」

俺は連中に聞こえないようにミネルバに囁く。

「そういうことにしておいてくれ。そうじゃないと俺が困る。これ以上の面倒はごめんだぜ」

ギルドに登録したばかりのBランク冒険者である俺が、ジェフリーもミネルバも勝てなかった敵を倒したなんてバレたら、大騒ぎになるに決まっている。

大体、四英雄だの何だのって話をこいつらにしたところで納得はしないだろう。

俺は仕事を果たした金が貰えればそれでいい。

「変わった男だね、本当に」

そう言ってミネルバは笑みを浮かべると、よろめきながらも立ち上がる。

普通ならば、まだ動くことも出来ないだろうに、大した女だ。

余程の精神力がなければこうはいかない。

ミネルバは俺を見つめると小さく頷く。

そして、騎士たちに言った。

「聞いただろう？　任務は果たした。報告の為、これから都に帰るよ。ジェフリーも連れて帰る、馬車を用意しな」

ジェフリーはまだ気を失ったままだ。

ミネルバよりも長く奴に使役されていたようだからな、疲労が激しいのだろう。

そもそも、普通の者ならば、あれほど深く闇に侵食されて生きてはいない。

「「はっ！　ミネルバ様」」

騎士たちは一礼する。

ミネルバは俺に言う。

「レオン、この借りは必ず返す。お前がどこに宿をとっているのか教えてくれ」

俺はティアナの許可を得ると、町はずれの小さな教会にいることを伝えた。

「別に借りだなんて思わなくてもいいさ。俺にとってもこの方が都合がいいだけだ」

「それでは私の気が済まない」

俺はミネルバの言葉に肩をすくめる。

手配された馬車が到着する頃には、ジェフリーの意識も戻っていたので、ミネルバと共に俺の正体を隠すよう耳打ちをしておく。

すっかり太陽は傾《かたむ》き、夕日が森を照らしていた。

「さて、帰るとするか。チビ助たちも待っているからな」

その言葉にロザミアとティアナは頷いた。

ミネルバたちの馬車を見送った後、俺たちは飛竜に乗って都に帰ると、ギルドへの報告を済ませてから、たっぷりと夕食の材料を買って家路《いえじ》についたのだった。


その日の夜、俺の目の前では、リーアとミーアが幸せそうな表情で焼き立てのパンを頬《ほお》張《ば》っていた。

「美味しいです！　ミーア、こんなふわふわのパン久しぶりです！」

「リーアもです！　お料理もお魚のスープだけじゃないです！」

パン屋で焼きたてのパンをたくさん買ってきたからな。

買い込んだ肉や野菜でティアナが作った料理が、いっぱいテーブルの上に並んでいる。

柔らかいパンやこんなに豪華な食事は久しぶりだったようで、チビたちはすっかりご機嫌である。

パンをかじるたびに、ピコピコと揺れる耳は可愛いものだ。

「ふふ、さあみんなもっと召《め》し上がれ！　いっぱい作ったのよ」

エプロン姿のティアナはそう言って微笑む。

「はぁああ！　これを全部食べてもいいのか？」

そう言って目を輝かせているのはロザミアである。

ティアナは微笑むと言った。

「ええ、いっぱい作りましたから。遠慮なく食べてください！」

ロザミアはこくんとつばを飲み込み、大きく頷いた。

「うむ！」

俺は笑いながらロザミアを眺める。

「こりゃ、早く食わないとみんなロザミアに食われちまうな」

「むぅ！　私だってみんなの分までは食べはしない」

その言葉に子供たちも顔を見合わせて笑っている。

俺もすっかり腹が空《す》いちまったからな。

「さて、食べるぞ！」

ロザミアは張り切ってそう言うなり、でっかい骨付き肉にかじりつく。

「むぐ！　主殿、ティアナの料理は最高だ！」

キールとレナは、そんなロザミアを見て呆れたように言った。

「ロザミア姉ちゃん。こんなに沢山あるんだからさ、そんなに慌てて食べなくてもなくならないぜ」

「はぁ、ロザミアさんが天使じゃないって本当なのね。こんなに美人なのに……」

少し残念な相手を見るようなレナの眼差し。

俺はそれを聞いて笑った。

「確かに、こんなに大食らいの天使は嫌だな」

その言葉を聞いて、ロザミアがしょんぼりした顔で俺を見つめる。

「主殿はやっぱり大食いの女は嫌いなのか？」

「はは、そんな顔するなって。ロザミアは本物の天使じゃないからな、別に大食らいでも構わないぜ。何しろ今日は稼いだからな！」

「ふふ、だから主殿は好きなのだ！」

そう言って俺に抱きついて胸を押し当てるロザミアを、シルフィが俺の肩の上から睨む。

「まったく、よく食べるわね。無駄に胸が大きくなるのが分かるわ」

「ふん、無駄ではない。主殿も喜んでいる！」

そう言って柔らかい胸を押し当てると、俺を見つめるロザミア。

「ちょ！　離れなさいって言ってるでしょ」

「おい、誰が喜んでるんだ」

シルフィも俺も咄嗟に突っ込む。

人聞きが悪いことを言うな。

まったく、こんなことならジャイアントフロッグを一匹、ペットにするために買ってくればよかった。

そうすればこの二人も、もう少し大人しくなっただろう。

「まぁ、今日はロザミアもティアナも頑張ってくれたからな。たくさん食べてくれ」

「ほんとですか、レオンさん！」

「ああ、いいヒーラーだなティアナは」

ロザミアはもちろんだが、ティアナも大したものだ。

安心してミネルバの援護《えんご》に向かえたのは、ロザミアとティアナのお蔭だからな。

「それにしても、本当にたくさん稼いできたのね、レオン！」

子供たちと留守番をしていたフレアも上機嫌だ。

「これで、あの太っちょにも金貨九枚叩き返してやれるわね！」

「だな、フレア」

フレアの言葉に俺も頷く。

食材を山ほど買い込んできたが、テーブルの上に置かれた革袋にはまだたっぷりと金貨が詰まっている。

冒険者ギルドでミネルバから前金として貰った金貨十枚。そこから金貨一枚分、大盤振《おおばんぶ》る舞いでいろんな食料を買い込んできた。

これでもまだ余裕はあるが、それだけじゃない。

ティアナが新しい料理をこちらに運びながら言った。

「レオンさんってば凄いんだもの。明日改めて、ミネルバ将軍からも魔物討伐成功の報奨《ほうしょう》金《きん》が出るってニーナさんが言ってました」

今日の金貨十枚は前金だから、成功報酬と魔物討伐の歩合給が報奨金として貰えるそうだ。

あくまでも解決したのはミネルバたちということにしてあるが、協力者としての報奨金も結構な額だと言う。

辞退《じたい》することも考えたが、貰えるものは貰っておくことにした。

この分じゃ、ロザミアの食費だけでも結構なことになりそうだからな。

当のロザミアは、ティアナが持ってきた鳥肉の料理に目を輝かせている。

ティアナ特製の熱々のソースがかかっていて美味そうだ。

それに手を伸ばしながら、ロザミアが頷く。

「うむ！　それに、鷲獅子《グリフォン》騎士団からも報奨金が出ると聞いた。冒険者ギルドのギルドマスターが受けていた仕事も、これで解決したとアイナが言っていたぞ」

「はは、まあ今回はついてたな」

喋るオーガの一件と額に魔石をはめた魔物の一件は、根っこが同じだったからな。

何しろ三大将軍の一人と冒険者ギルドのギルドマスターがぶっ倒れてたんだ。

あの後報告をしに行った冒険者ギルドでも天地がひっくり返ったような大騒ぎになったが、ミネルバと口裏を合わせ、今回の件はあの二人が解決したと説明しておいた。

それが事をおさめるのに最もいい方法だし、ミネルバやジェフリーだって、騎士団やギルドに対してメンツというものがあるだろうからな。

俺はあくまでもサポートとして動いたって話にしたんだが、それでも金はたんまりと貰えることになっている。

それにしても、今日は俺も疲れた。

まさか、奥義まで使うことになるとは思わなかったからな。

俺がそんなことを考えていると、ミーアがパンを片手に俺の膝の上によじ登ってくる。

ティアナがそれを見てミーアを叱った。

「こら！　ミーアお行儀《ぎょうぎ》が悪いわよ」

「はう……レオンお兄ちゃんと一緒にご飯食べたいです。お父さんはよく膝の上に乗っけてくれたです」

「はは、確かに少し行儀が悪いがまあいいさ」

みんなでごちそうが食べられるのが、嬉しくてたまらないのだろう。

にこにこ顔のミーアを見ていると、それぐらいはいいかと思えてしまう。

リーアが、俺を見上げてジッと指を咥えている。

「リーアは後でな。それでいいか？」

「はいです！」

そう言って尻尾をふりふりしながら、自分の椅子《いす》に戻っていくリーア。

幸せそうなチビ助たちを見ていると、食事をするのも楽しくなるな。

稼いできた甲斐《かい》がある。

そんな中、教会の入り口に馬車が停まる音がした。

気が付いたのは、俺とロザミアぐらいだろう。

ミーアを膝の上に乗せている俺の代わりに、ロザミアが立ち上がる。

「主殿、私が行ってくる」

「ああ、この気配は多分……でも、どうしてここに？」

しばらくすると、ロザミアが客人を連れて戻ってくる。

キールがその女性を見て声を上げた。

「すっげえ美人！　だ、誰なんだよ？」

確かに、ティアナとロザミアと同じほどの美貌の持ち主など珍しいだろう。

しかも、年齢が二十歳を越えているだけに、その姿は少女である二人とは違う大人の女性の魅力に溢れている。

加えて、昼間に会った時とは全く印象が違って見えた。

俺は彼女の姿を眺めながら肩をすくめる。

「やっぱりミネルバか。それにしても……こりゃあ見違えたな。それで、この国の三大将軍の一人がわざわざやってくるなんて、どうしたんだ？」

鮮やかな赤いドレスに、輝くようなブロンドがよく映《は》える。

彼女の今の雰囲気は、三大将軍の一人というより、本来の彼女の身分である公爵家の令嬢のものだった。

「お、おかしいか？　私もこんな格好はあまりしたことがないんだが……と、今日来たのは、坊やにお礼がしたくてね。借りは返すと言っただろう？」

ミネルバには、俺が四英雄であることは伏せてもらっている。何しろ二千年前に死んだはずの人間だ、面倒なことにしかならないだろう。

周りの人間に怪しまれないように、出会った時と同じように接してくれと頼んであった。

キールとレナが、俺の言葉を聞いて目を丸くしている。

「さ、三大将軍の一人って、もしかして英雄ミネルバ将軍⁉　凄え！　本物なのか⁉」

「嘘……ミネルバ様って公爵家のお姫様でしょ？　どうしてうちなんかに」

子供たちの視線に少し戸惑ったような顔をしながら、ミネルバは俺に言った。

「今日の公爵家の晩餐会に、坊やを招きに来たんだ。それと、礼も含めてこれからの話がしたい。それほどの腕を眠らせておくのは惜しい、私なら坊やをこの国の一代貴族ぐらいにならら推薦出来るんだが」

「おいおい、突然何の話だ？」

一代貴族って言うのは世襲《せしゅう》が出来ない貴族のことで、身分で言えば男爵になる。

一代とはいえこれほどの大国の貴族の身分など、そうそう手に入るものではないだろう。

俺を見つめてミネルバは言う。

「もちろん、これからの活躍次第では正式な世襲貴族にもなれる。その為に、私が坊やの後ろ盾になるつもりだよ」

ティアナとチビたちが不安そうな顔をしている。

「レオンさんが貴族に……」

「そうなったら、ここから出ていっちまうのか？」

「馬鹿ね、当たり前でしょキール……貴族なんだもの、私たちとは身分が違うわ。住む世界が違うもの」

さっきまで明るい顔ではしゃいでいたレナが、しょんぼりと俯いている。

「嫌です！」

「レオンお兄ちゃんと一緒にいたいです！」

リーアとミーアは、大きな瞳に涙を浮かべていた。

俺は肩をすくめてミネルバに答えた。

「俺は身分には興味がない。それに晩餐会の件も、悪いが断る。今日はチビどもとの先約があるんでな」

せっかく王子をやめたんだ、堅苦《かたくる》しい身分はもう必要ない。

それに、こいつらのこんな顔は見たくない。

ティアナが、何とも言えない表情をしている。

「レオンさん……いいんですか？　ミネルバ様がせっかくこう仰っているのに」

「そんな顔するなよ。俺はここが気に入ってるんだ。ティアナの手料理もさ」

それを聞いて、こちらを眺めているキールが呆れたように笑った。

「へへ、レオンって馬鹿だな。せっかく貴族になれるってのによ」

ツンとした顔でレナはキールに言った。

「何嬉しそうな顔をしてるのよキール！　レオンのことを思ったら、貴族になった方がいいんだから」

「お前だって嬉しそうだろレナ！」

「な、何よ馬鹿キール！」

ミーアとリーアが嬉しそうに俺の足に抱きついてくる。

「レオンお兄ちゃんがいると楽しいです！」

「ずっと一緒にいたいです」

　俺はチビ助たちの頭を撫でると肩をすくめる。

「悪いな、ミネルバ。せっかくだが、俺はここが気に入ってるんだ」

　貴族なんかよりも俺の性《しょう》に合っている。

　俺が断るとは思わなかったのだろう、ミネルバは驚きに目を見開いている。

　これほどの大国の貴族の地位となれば、一代貴族とはいえ断る馬鹿はいないだろう。

　ミネルバは黙り込み、しばらくすると俯いた。

「……そうか、私が先走っていたようだね。坊やの気持ちも聞かずに勝手に決まった気になって悪かった。公爵家の娘であることを笠《かさ》に着て、偉《えら》そうな女だと嫌われたかかな」

「そんなことはないさ。あんたが厚意で言ってくれたのは分かってる」

　俺はふぅと溜め息をついて、改めてミネルバに言った。

「なあ、ミネルバ将軍。晩餐会は断ったが、もしよかったらここで一緒に飯を食わないか？　公爵家の晩餐会と同じとはいかないが、ティアナの料理だって負けちゃいないぜ」

　その言葉にミネルバは、驚いたような顔をして俺を見つめた。

　そして、美しく微笑み頷いた。

「ああ！　ああ、そうだな。そうさせてもらうとしよう！」

　食卓につき、子供たちに囲まれたミネルバは、戸惑った様子を見せていた。

だがそのうち、自然な笑顔になっていく。

王国の女将軍というよりは、年相応の娘のように。

ティアナとロザミアも笑顔である。

そして、夕食が終わり子供たちもすっかり満腹《まんぷく》でうとうとし始めた頃、ミネルバはそっと俺の傍に来て、耳打ちした。

「少し話がしたい」

「貴族の話なら、お断りだぜ？」

ミネルバは美しい顔で俺を見つめると、首を横に振った。

「分かっている、坊やを貴族にという話ではない。今日の事件の黒幕についてだ」

その言葉に俺は目を見開いて、ミネルバに問い返す。

「奴のことが何か分かったのか？」

俺がミネルバにそう問い返した時、膝の上でうとうとしていたリーアが突然声を上げた。

「むにゃ、リーアお腹いっぱいです……」

眠ってしまったようだ、俺の体に顔を押しつけて、気持ち良さそうに寝言を言っている。

ミーアも自分の椅子で、首をカクカクさせている。

「ミーアねむねむです。レオンお兄ちゃんと一緒に寝るです」

そう言って椅子から下りると、余程眠いのかよちよちとした足取りでこちらにやってくる。

それを見たティアナは、ふぅと溜め息をついた。

「駄目よ、レオンさんは大事な話をしているの。お姉ちゃんと一緒に行きましょうね」

「はは、いいさティアナ。チビたちはベッドまで俺が運ぶからさ」

「ごめんなさい、レオンさん、ミネルバ様」

俺は隣に座っているミネルバに向き直った。

「すまないな、ミネルバ。こいつらを寝かせてくる、話はその後でもいいか？ 長くなりそうだからな」

俺の膝ですやすやと眠っているリーアを見て、ミネルバは微笑み頷く。

「ふふ、そうしているとまるで父親だな。それは構わないが、一つだけ聞いてもいいかい？」

「何だよ改まって？」

そう問い返すとミネルバは、こちらをじっと見てそれから少し目をそらす。

一体何だってんだ？

そして、しばらくすると思い切ったように俺たちに尋ねた。

「こほん、ティアナと坊やはその……結婚を約束した関係なのか？ つ、つまり許嫁《いいなずけ》とか」

ミネルバの言葉に、俺とティアナは顔を見合わせる。

最初は言っている意味がよく分からなかったのだが、ティアナの顔が次第に真っ赤に変わっていく。

「な、な、何言っているんですか、ミネルバ様‼　レオンさんはお客様です、い、許嫁だなんて……」

ミネルバは咳ばらいをしてなぜか少しほっとしたように言った。

「そ、そうか。すまない、子供たちを世話する二人が、まるで夫婦のように仲睦《なかむつ》まじく見えたのでな。そ、そうか許嫁ではないのか」

「馬鹿馬鹿しい、ティアナはまだ子供だぜ？」

俺が肩をすくめながらミネルバにそう答えると、ティアナが頬を膨らませて俺を見つめていた。

「ん？　どうした、ティアナ」

「馬鹿馬鹿しいってなんですか？　私はそんなに子供じゃありません！」

そう言って、可憐な顔をツンとさせてそっぽを向いてしまう。

「おいおい、何怒ってるんだよティアナ」

レナが俺をジト目で眺めるとふぅと溜め息をつく。

「レオンって確かに強いけど、女心は全く分かってないんだから」

「おい、女心ってお前な」

別にティアナを怒らせるようなことを言ったつもりはないんだが……

ミネルバは、悪戯《いたずら》っぽい目をして俺を見つめると笑った。

「そうだね、坊やは女心が分かってないね。女は好きな男には、子供扱いなんてされたくないものなのさ」

「うむ、私も主殿の前ではいつも大人の女でありたい！」

……いやいや。

ロザミア、さっき食べた料理のソースを口の横につけて言うセリフじゃないぞ。

綺麗な顔だけに残念すぎる。

ティアナが赤い顔をしてミネルバに反論した。

「す、好きな男って！　ミネルバ様、変なこと言わないでください、レオンさんは私の大事な恩人なんですから」

「ふふ、そういうことにしておくよ、ティアナ」

やれやれ、まったく何だってんだ。

ティアナの言う通り、勘違《かんちが》いもいいところだ。

大体ミネルバの奴、どうしてそんなことが気になるんだ？

俺は首を傾げながらも、ティアナと一緒にミーアとリーアをベッドに連れていき寝かしつける。

レナやキールも自分のベッドに入ったところで、俺とティアナは寝室の明かりを消して、食卓がある部屋へ戻った。

その廊下で、ティアナは俺に言う。

「レオンさん、ありがとうございます。本当に夢みたいです、子供たちもあんなに笑顔で！」

廊下の窓から差し込む月明かりに照らされたティアナは美しい。

「俺も楽しかったぜ。もう心配するな、金もたっぷり稼いだし、明日も騎士団から報奨金が出るみたいだ。また美味い料理を作ってくれよな」

「はい！　レオンさん」

そう答えると、嬉しそうに笑うティアナ。

その後、ティアナは食事の片付けをし、ロザミアは満腹になったからか可愛い顔で食卓に頬杖《ほおづえ》をついてうとうとし始める。

そんな中、俺は食卓の椅子に腰を掛けるとミネルバに尋ねた。

「黒幕の件だったな。何か分かったのか？　ミネルバ」

俺の言葉に、ミネルバは口を開く。

「坊やたちがオーガの口から聞いた『死を告げる狼』という連中の話を調べさせたんだ。

するると、ある国の名が浮かび上がってきた」

「死を告げる狼か、ロファルドの仲間が口にした名だな。そうか、役に立ったようだな」

ミネルバは俺の言葉に頷く。

「数年前、我が国と戦い滅んだティドレスト。その国に、そう呼ばれる特殊部隊がいたそうだ」

「ってことは、今回の一件はその国の残党の仕業《しわざ》か？　動機はこの国への恨《うら》みか」

俺の言葉にミネルバはしばらく考え込む。

「いや、まだそうとは言い切れない。滅んだ国の残党だけの仕業にしては手口が鮮やかすぎる。それにあのジェフリーと私を操っていた術者、あれほどの者がティドレストにいたとも思えない」

「確かにな、あんな真似をするのは並大抵じゃない」

ミネルバは美しい顔をしかめると、吐き捨てるように言った。

「そもそも、ティドレストと戦《いくさ》を始めたのは鷲獅子《グリフォン》騎士団の連中だ。単なる国境での小競《こぜ》り合いが一国を滅ぼす戦になったのさ。レオナールの傲慢なやり口が、時に周辺の国とのいさかいを起こすんだ」

「レオナール？　ああ、この国の三大将軍の一人だな」

「ああ、そうさ。確かに武芸の腕は立つが、いつもやり方が強引すぎるから、私はあの男が嫌いなんだ。あの男のせいで、滅びなくてもよかった国がいくつも滅んでいる」

なるほどな、どこの国にも穏健派《おんけんは》と強硬派《きょうこうは》はいるものだ。

大国ともなれば尚更《なおさら》だ、力を以て周辺の国を制することを望む者もいるに違いない。

その手の者たちにとっては国境での小競り合いなど格好の戦の口実だろう。

何かを思い出すように、ギリッと歯を食いしばるミネルバ。

俺は彼女に尋ねる。

「どうした、ミネルバ？　そのレオナールとかいう男と何かあったのか」

俺の問いに、ミネルバは心底不快そうな顔になる。

「あの男は私に求婚し、私が断ると力ずくで自分のものにしようとした。払いのけて剣を突きつけてやったが、奴の卑劣《ひれつ》さに吐き気がしたよ」

「公爵令嬢のお前にそんな真似をして、いくら三大将軍の一人でも只では済まないだろう？」

俺の問いにミネルバは首を横に振った。

「奴には大きな後ろ盾がいる」

「後ろ盾？」

「ああ、第二王子のジュリアン殿下だ。ジュリアン殿下ご自身は、教皇でもあられ聖人のごとき立派なお方なのだが……どうしてあんなゲスを傍に置くのか」

ジュリアンか、その王子の名前は俺も聞いたことがある。人望があり優秀だが王位には興味がなく、この国の国教会の頂点である教皇の座についたとか。

なるほどな、その第二王子を後ろ盾に、レオナール将軍はこの国で幅《はば》をきかせているということか。

ミネルバは肩をすくめると俺を見つめる。

「……すまない、くだらないことを話してしまったね。坊やも報奨金のことで鷲獅子《グリフォン》騎士団から呼び出しが入るはずだが、その時にあの男も姿を見せるかもしれない。面倒なことが起きないように、精々気を付けるんだね」

「ああ、そうするとしよう」

「ふふ、坊やほどの腕があれば、心配はいらないだろうけどね」

そう言うとミネルバは席を立つ。

「じゃあ、私はこれで失礼するよ」

「ああ、外まで送ろう」

ミネルバはティアナやロザミアに別れの挨拶をして、俺と一緒に公爵家の馬車が待つ門前へと向かう。

その途中、ミネルバは一瞬苦しそうに呻いてよろめいた。

「う……」

俺はその体を支える。

こちらに寄り掛かっていることが恥ずかしいのか、頬を染めるミネルバ。

「すまない、少し眩暈《めまい》が」

「無理するな、まだ体が本調子じゃないんだろう」

万全ではない状態でここにやってきて、体に無理がかかったのだろう。

俺はよろめくミネルバの体を抱き上げる。

「な！　や、やめてくれ一人で歩ける」

「はは、そう言えばあの時もそう言っていたな。無理するなって」

ミネルバは恥ずかしそうに顔を背けると、そっと言った。

「他の男だったらこんな真似はさせない、剣で打ち倒しているところだ」

「それはこのまま運んでいいってことだな？」

これ以上無理をして、こんなところでぶっ倒れられても困るからな。

何しろ相手は公爵家の令嬢だ。

ミネルバは美しい顔で俺を少し睨むと、ツンとした顔で答えた。

「意地の悪い男だ……そう言っているだろう？」

窓から差し込む月光に照らし出された赤いドレスが鮮やかで、ミネルバにとても似合っているのが改めてよく分かる。

俺は彼女を腕に抱いて、そのまま馬車まで運び、目を白黒させる公爵家の使用人に彼女を預ける。

そして白く豪華な馬車が夜の町に走り去っていくのを眺めていた。

12 報奨金

次の日の朝。

「みんな、起きなさい！　朝よ」

そう言って、子供部屋を飛び回りながらチビ助たちに朝を告げているのはフレアだ。

昨日一日で子供たちとさらに打ち解けたのか、すっかり世話焼きになっている。

キールとレナは目をこすりながらもベッドから降りてきたが、リーアとミーアはまだ布団の中に潜り込んだままだ。

顔だけ出して、寝ぼけ眼でフレアを見つめている。

「ふぁあ……妖精さんおはようです」

「ふみゅう。まだ眠いです」

フレアがそんなチビ助たちを起こすために、二人の頭の上に順番に座って声をかけている。

ティアナはそれを見てくすくすと笑った。

俺はそんな光景に肩をすくめる。

「まるで、フレアママだな」

「ええ、ほんとに」

フレアに促《うなが》されて布団から出てくると、大きなあくびをする二人。

可愛いもんだ。

「それに、フレアさんが手伝ってくれると料理もとっても楽になるんです」

「はは、そりゃそうだ。炎の精霊だからな」

高位精霊の炎で作った料理ってのも贅沢だ。

ロザミアはもう目を覚まして、お腹を鳴らしている。

昨日あれだけ食べたのにもう空腹《くうふく》のようだ。

やはり、しっかり稼がないと大変だな。

ティアナは朝食を準備する前に、いつものように子供たちに言った。

「さあ、みんなで手を洗いに行きましょ？」

ミーアとリーアは、まだ眠そうな顔でティアナを見上げた。

「ふみゅ……朝から寒いです」

「井戸のお水、さむさむだから嫌いです」

教会には井戸がある。

チビたちを連れて井戸に向かうティアナ。

水をくむと、それを木の桶《おけ》に移して浄化の魔法を使う。

「クリアランス！」

そして、子供たちに手を洗わせている。

水は澄《す》んでいるように見えるが、思わぬ病気にかからぬように浄化するのが基本だ。

ティアナのようなヒーラーにとっては初歩の魔法だが、汎用性《はんようせい》は高い。

清めた水を売っている専門の店も町には多いからな。

この近所には共同で使う井戸も多いようだが、そこには浄化を生業《なりわい》としている魔導士もいるぐらいだ。

代金は月払い制で安いそうだが、ここは魔法を使えない者も多い地区とあって、贅沢をしなければ食べていけるぐらいの稼ぎにはなるらしい。

実際にティアナも、借金の為に冒険者になる前は、そうやってお金を稼いでいたこともあるそうだ。

まあこれは、物知りレナに教えてもらったんだけどな。

背伸びして大人の話に仲間入りしたいのだろう、胸を張って何でも教えてくれるレナには大いに助かっている。

そんなレナも、顔をしかめていた。

「ほんと……朝の井戸水って嫌いなのよね。だって冷たいんだもの」

「だな、特に冬なんて凍えそうだもんな」

キールも同意しながら桶に手を突っ込むと、ブルッと震えた。

夜はこの水を沸《わ》かして浴槽《よくそう》に入れて風呂《ふろ》にするんだが、神父を亡くした後、ティアナにとってはひと仕事だったことだろう。

とても毎日入れるものではない。

「確かに面倒だな……」

俺はしばらく考え込むと。

「なあ、ティアナ。慣れるまでは少し気味が悪いかもしれないが、いいものを出してやろうか？」

「いいもの？　何ですかレオンさん」

「いいから見てろよ。慣れちまえば、便利だぞ」

俺の右手の紋章が輝き、教会の庭の中央に魔法陣が生まれる。

そこから現れた大きな生き物に、ミーアとリーアが目を輝かせた。

「うわぁああ！　何ですかこれ⁉」

「可愛いです‼」

気味悪がられるどころか、チビ助たちには好評のようだ。

直径三メートル程度で高さは俺の腰ぐらいまでの巨大な生き物は、ぷにょぷにょとまるでスライムのようにうごめいている。

一方で、レナはドン引きといった様子で身構えた。

「ちょ！　レオンやめてよ、スライムなんて召喚しないで‼」

「お、おい！　ミーア、リーア触るなよ。魔物だぞそれ！　デケえ‼」

キールも慌ててチビたちを止めた。

まあ、こうなるのが分かってたから、今まで召喚しなかったんだけどな。

二人はしょんぼりと大きな耳を垂れさせる。

「可愛いです……」

「魔物には見えないです」

ロザミアが、スライムによく似たそれを見て言った。

「主殿！　これは水の精だな。スライムによく似ているが、清らかな水辺にいると聞く」

「ああ、そうだ。こう見えて一応精霊だからな。普通の魔導士には扱い切れないかもしれないが、結構役に立つぞ」

倒魔人にとっては、初歩の初歩の召喚術である。

戦う相手によっては、山にこもり何日も帰れない時があった。

そんな時は水の確保は生命線だ。

水の紋章を持つアクアリーテが使う精霊ウィンディーネに比べたら下級の水精霊ではあるが便利だ。

「こいつがいれば水には困らないぞ。風呂だってもっと簡単に入れる」

ロザミアが、うずうずしながら俺に言う。

「水の精に身を清めてもらうと、とても気持ちがいいと聞く。主殿、試してみてもいいだろうか？」

そう言って、今にも服を脱ぎ始めそうなロザミア。

「お、おい、ロザミア！　まさかこんなところで真《ま》っ裸《ぱだか》になるつもりじゃないだろうな？

今は手ぐらいにしてくれよ」

「う、うむ。やむを得ない」

少し残念そうな顔をして、水の精の中に手を入れるロザミア。

そして、恍惚《こうこつ》とした表情になる。

「はゎ……これは」

ロザミアの手の周りを、精霊の中の水が動いている。

俺も何度も体験しているが、普通の水とは全く違い何とも気持ちいいのだ。

子供たちも、それを見て興味津々といった様子になった。

「ほ、本当にスライムじゃないのね？」

「当たり前だろ、俺はレオンを信じてたぜ！」

……おいキール。さっきは完全に魔物扱いしてただろ！

そして二人も、恐る恐る水の精の中に手を入れて、気持ち良さそうな顔をする。

「ふぅ……気持ちいい。それに冷たくないわ！」

「ああ、手が綺麗になっていくのが分かるぜ」

ミーアもリーアも、嬉しそうに水の精を眺めながら手を突っ込んだ。

「プルプルして気持ちいいです！」

「それに可愛いです！　ぷにょちゃんです」

リーアは早速こいつに名前をつけたようだ。

ぷにょぷにょ動く水の精霊を、目を輝かせて覗き込んでいる。

俺はティアナにも声をかける。

「ティアナもやってみろよ」

「え？　は、はい！」

このぷにょぷにょした動きが苦手なのだろう、安全だと分かったにもかかわらず躊躇《ため》らう

ティアナ。

しばらくすると決心したような顔で服の袖をまくる。

そして目をつぶって、思い切って手を入れた。

「えい‼」

長い耳をピクンと動かすその仕草が可愛らしい。

そしてすぐに、ティアナは少しくすぐったそうな顔をした。

「ふぁ！　ほんと、気持ちいいですレオンさん！　それに温かい」

「だろ？　温度はある程度調節出来るからな、そいつを使って風呂に入れば、そこらへんの温泉よりもずっと気持ちいいぞ」

ティアナが首を傾げた。

「温泉？　貴族が旅行に行くような保養地にあると聞いたことはありますけど」

「そうか、ティアナたちは入ったことがないんだな」

チビたちもコクンと頷いた。

俺は顎《あご》に手を当ててしばらく考え込む。

こいつらと一緒に温泉に入れたら楽しいだろうな。

チビ助たちが喜ぶ姿が目に浮かぶ。

「なあ、ティアナ。温泉旅行ってわけにはいかないが、教会の建物の隣に、みんなが入れるぐらいの露天風呂《ろてんぶろ》を作るか？　みんなで作ればきっと楽しいぞ」

稼いだ金を使って木材や岩を買ってきて、教会の脇に作るのも面白そうだ。

幸い、庭にはそれぐらいのスペースならありそうだからな。

ティアナは子供のように手を叩いて声を上げる。

「みんなで入れるお風呂作りですか！　楽しそう‼」

「だろ？」

かつて、戦いが長引いた時は、山の中に砦《とりで》や小屋を作って過ごしたこともある。

アクアリーテが風呂を欲しがって、俺が作らされたなんてこともあったな。

それに、水の精がいればお湯の心配はいらない。

ロザミアや子供たちも、目を輝かせていた。

「主殿、本当か⁉　一日の疲れを水の精に浸《つ》かって癒《いや》せるなど夢のようだ」

キールやレナも顔を見合わせて笑う。

「私も手伝う！」

「俺も！　レオン作ろうぜ」

リーアとミーアは楽しそうに辺りを走り回った。

「新しいおふろです！」

「みんなで作るです！」

　フレアもシルフィも楽しげだ。

「楽しそうね、レオン」

「いいじゃない、やりましょう！」

「はは、どうやらみんな賛成のようだな」

　こういうのはみんなで作るのが楽しい。

　俺はぐっと右手で力こぶを作った。

「それじゃあ、頑張って稼いでこないとな！」

　ロザミアとティアナは俺を見つめると大きく頷いた。

「うむ！　何だかやる気が出てきた」

「ふふ、ロザミアさんたら。でも、ほんとに楽しみ！」

　俺は二人を促す。

「そうと決まったら、朝飯を食って早速ギルドに行かないとな。昨日の件で報奨金が貰えるようだし、他の仕事も入ってるかもしれない」

「そうだな！」

「ええ、レオンさん。早速朝食の準備をしますね」

　俺たちは手を洗った後、ティアナが用意してくれた朝食を食べる。

　昨日の余りものだが、とても美味い。

ロザミアは相変わらず口の横にソースをつけながら料理を頬張っている。

食事が終わると、すっかり子供たちの面倒が板についたフレアに留守番を頼む。

「子供たちのことは任せて」

張り切って胸を張るフレア。

「ああ、頼んだぞフレア。じゃあ行ってくるからな！」

子供たちも一斉に俺たちに手を振った。

「「「行ってらっしゃい！」」」

ティアナとロザミアも子供たちに声をかけると大きく手を振った。

通りを歩き、ギルドに到着した俺たちは扉を開ける。

すると、こちらに気が付いたニーナさんとアイナさんが駆け寄ってきた。

「レオン君、おはよう！」

「レオンさん、皆さん、おはようございます！」

俺は二人に返事をする。

「ニーナさん、アイナさん、おはよう！　ジェフリーギルド長の様子はどうだい？」

その言葉にニーナさんは大きく頷く。

「ええ、お蔭様ですっかり良くなったみたいです。ティアナさんにもお世話になりました」

「いいえ、お役に立てて良かったです」

ニーナさんの言葉に笑顔で答えるティアナ。

森で馬車に乗せた後は騎士団の治療施設に運ばれたので、それ以降は会ってはいないんだが、ニーナさんたちに聞く限り元気になったようだ。

アイナさんは、不思議そうに首を傾げる。

「でも、ギルド長ったら今朝《けさ》は変なのよねぇ。いつもは奥の部屋にどっしりと構えてるんだけど、今日は何だかそわそわしちゃって」

ニーナさんも頷いて同意する。

「そういえば変ですよね、アイナ先輩。ジーク様はまだ来られないのかとかぶつぶつ言っちゃって。ジークって、誰のことかしら？」

俺は慌てて口を挟んだ。

「は、ははは……頭でも打ったのかな？　そういや、昨日の戦いは凄かったからな」

ジーク様って、おい。

俺のことは秘密だと言ったはずだぞ、ジェフリーの奴め。

まあ、話したところであの戦いを見てなければ誰も信じないだろうから、いいんだけどさ。

すると、一人の男性職員がこちらに歩いてくるのが見える。

眼鏡をかけた恰幅のいい男だ。

「ほう、君がレオン君かね？　騎士団での仕事は無事終わったようだが、Ｂランクの君を庇《かば》っての戦闘ではミネルバ様もジェフリーギルド長も大変だっただろう」

ギルド内に響くような大きな声でそう言った。

その言葉に、ニーナさんとアイナさんが思いっきりその眼鏡を睨みつける。

「サイアス事務長、何ですかその言い方！　レオン君が私たちを助けてくれた時に隠れてたくせに」

「そうです、レオンさんに失礼ですわ！」

どうやらここの事務長らしい。

二人の猛抗議《もうこうぎ》に眼鏡はたじろぐと、俺のせいだとばかりにこちらを睨み偉そうな態度で続ける。

「ふ、ふん！　まあ、ジェフリーギルド長の戦いぶりを見て、君も勉強になっただろう……げふっ‼」

偉そうな眼鏡は、突然呻き声を上げるとうずくまる。

その横には屈強な男が立っていた。

「「ジェフリーギルド長！」」

ニーナさんとアイナさんは男を見て声を上げ、なぜかうずくまっている眼鏡を不思議そうに眺めた。

……まあ、俺には見えてたけどな。

奥の部屋から猛スピードでこっちにやってきて、この眼鏡の鳩尾《みぞおち》に肘《ひじ》打ちを食らわせるところが。

流石SSSランクである。

俺はニッコリと笑いながらジェフリーに挨拶をした。

「おはようございます、ジェフリーギルド長。昨日は本当に勉強になりました」

「は、ははは……」

ジェフリーは引き攣《つ》った顔で笑うと、俺の肩を抱きかかえてそっと耳打ちをする。

「ジーク様、人が悪いですよ。何が勉強になりました、ですか」

「はは、少しは話を合わせないとな。それからジークはやめてくれって言ったはずだぞ。レオンで頼む」

内緒話をする俺たちを訝しんでニーナさんが声をかけてくる。

「どうしたんですか？　ギルド長もレオンさんも。ひそひそと」

俺たちは笑顔で振り返る。

「はは、何でもないですよ。ねえ、ギルド長」

「あ、ああ。ジ、いや、レオン君とは昨日の戦いですっかり打ち解けてしまってな」

ジェフリーがそう言いながら一睨みすると、サイアスはすごすごとギルドの奥に退散《たいさん》していく。

どうやら、何とか誤魔化せたようだ。

ニーナさんが俺たちに言う。

「そうだったんですね！　良かった」

ジェフリーはティアナやロザミアにも礼を言った後、ニーナさんたちに尋ねる。

「こほん。それにしても、素晴らしい新人が入ったな。彼を思い切ってＳＳランクにしようと思うのだが、君たちはどう思う？」

それを聞いてアイナさんが笑った。

「やだ、ギルド長ったら冗談言って。確かにレオン君は強いですけど、まだＢランクですから、実績を積んでＡランクと認められるのが早くても一か月後。それからＳランクになるのも、こなした仕事の実績次第ですわ」

「ば、馬鹿な！　一か月もＢランクになどさせておけるわけがない、伝説の英雄だぞ⁉」

……おい、やめろ。

さっき何を聞いてたんだ。

大声を上げたジェフリーを見て、ニーナさんが首を傾げた。

「伝説の英雄？　ああ、もしかしてギルド長が好きな伝説の四英雄のことですか？」

アイナさんも不思議そうに言う。

「そういえば、ギルド長の部屋には四英雄とかいう人たちの逸話本《いつわ》が沢山並んでましたね。でも、それとレオン君に何の関係があるんです？」

どうやらジェフリーは俺たちのファンらしい。

今時、風化しかけた四英雄の逸話本を集めるのは一苦労だろうからな。

なるほど、この過剰《かじょう》な反応はそれが理由だったたか。

俺はジェフリーの脇を軽く肘で小突《こづ》く。

「そうですよ、嫌だなギルド長。彼らは二千年前の人物じゃないですか？」

「はは。そ、そうだったたな。昨日の戦いで少し頭を打ったかな」

まったく。しっかり念押ししておかないと、すぐにボロが出そうだ。

ジェフリーは咳ばらいをしながら、アイナさんに言う。

「アイナ、いずれにしても彼は優秀な冒険者になる。昇格《しょうかく》に役立つ仕事を幾つか見繕《みつくろ》ってくれ。Bランクではあるが、俺の推薦状があれば、Aランク以上の仕事も受けられるからな」

その言葉に、アイナさんは頷いた。

「分かりました。今回の件で、次の審査《しんさ》でのAランクへの昇格は問題ないでしょうけど、その先のSランクへの昇格に役立つ仕事を見繕っておきます」

それを聞いて満足そうに頷くジェフリー。

「流石だな、いつも助かる」

俺は二人に礼を言う。

「それは助かります。実は色々と物入りでして」

ランクが高い仕事は当然報酬もいい。それを受けられるに越したことはない。

ニーナさんが首を横に振る。

「こちらこそ助かります。ロザミアさんの腕前も凄かったですし、ティアナさんもとてもいいヒーラーですから」

ここで騎士団の連中と揉めた時に、ロザミアの腕前をニーナさんは見てるからな。

ガルフとの仕事の為にとりあえずEランクの冒険者として登録していたティアナと、状況が状況でまだギルドに登録が済んでなかったロザミア。

二人は今回の一件での活躍が評価されて、俺と同じBランクの冒険者として登録されるそうだ。

ニーナさんから真新《まあたら》しい冒険者の証を手渡され、それを首に提げる二人。

「ふふ、お揃いですね」

「うむ！ 気合いが入るな！」

俺は笑いながら答えた。

「だな！　露天風呂を目指して頑張るとするか」

その言葉に合わせて掛け声を上げる俺たちを、不思議そうに眺めるニーナさん。

「露天風呂？」

「はは、すみません。こっちの話です。そうだ、そういえば銀竜騎士団と鷲獅子騎士団《グリフォン》から今回の依頼に関する報奨金が出ると聞いたんですけど」

俺がそう尋ねるとジェフリーが頷く。

「ああ、もちろんだ。ミネルバとレオナール将軍自ら報奨金を渡したいとのことで、連絡を受けている。私も一緒に行くつもりだ」

「へえ、直接ですか？」

ミネルバは分かるが、鷲獅子騎士団《グリフォン》を束ねるレオナール将軍自ら報奨金っていうのも妙な話だな。

昨夜ミネルバから聞いた限りでは、あまり評判の良くない男のようだ。

金を貰ったらさっさと退散するのがよさそうだな。

俺がそんなことを考えていると、後ろから誰かの声が響いた。

「報奨金だと？　ふざけるな。お前が足を引っ張ったせいで、ギルド長ばかりかミネルバ将軍まで怪我をしたそうじゃないか。冒険者ギルドの看板に泥を塗りやがって。このクズが！」

穏やかじゃないな。

俺が振り返ると、俺たちの後ろに一人の冒険者が立っていた。

ニーナさんが呟く。

「アーロンさん……」

「誰ですか？」

俺が尋ねるとニーナさんが教えてくれた。

奴の名はアーロン・ギルファーラス。

年齢は二十歳で、ギルド長に次《つ》ぐSSランクのナイフ使いだそうだ。

彼の投げナイフの腕は見事なもので、ナイフを手にした瞬間、それは相手に突き刺さっている——それほどの早業《はやわざ》だそうだ。

「あの歳でSSランクっていうのは、相当優秀ってことよ」

そうアイナさんも言いながらアーロンを眺めている。

額に宝玉をはめた魔物の件でも、ギルド長とは違うチームを率いていて、若手では間違いなくナンバーワンの冒険者だそうだ。

まだギルド長には及ばないものの、次の審査では二人目のSSSランクになるのではと目されているらしい。

つまりこのギルドのナンバー2だな。

ジェフリーは俺に暴言《ぼうげん》を吐いたアーロンを宥める。

「アーロン！　やめろ、俺の怪我はレオンのせいではない」

「くっ！　ギルド長！　どうしてそんな奴を庇うんですか⁉　俺が傍にいれば、ギルド長が怪我をすることもなかった！　そいつを庇ったに決まってるんだ‼」

アーロンはそう言うと、俺を睨んだ。

その瞬間――

銀色の光が俺の頬をかすめて、ギルドの掲示板に突き刺さる。

掲示板に突き刺さったのはナイフだ。

俺の頬にうっすらと切り傷が浮かんで、ギルドの中が騒然《そうぜん》となる。

アーロンは俺の頬の傷を見て、嘲笑うかのように言った。

「やっぱりな、俺のナイフに反応一つ出来ないなんて。お前がギルド長と一緒に、騎士団から名誉ある報奨金を貰うなんて笑わせる。辞退しろ！　そして二度と俺の前で偉そうな面をするな」

俺は黙って頬をなぞると、アーロンに答えた。

「断る。これから色々物入りなんでな」

「何だと、今何と言った？　もう一度言ってみろ」

俺は肩をすくめた。

「聞こえなかったのか？　断ると言ったんだ」

アイナさんが叫ぶ。

「駄目、レオン君！　相手が悪いわ‼」

俺がさっきのナイフに反応しなかったのを見て心配したのだろう。

一方で、アーロンは勝ち誇った顔で笑う。

「馬鹿が！　いきがりやがって‼」

アーロンの手には、いつの間にかナイフが握られていた。

そして次の瞬間、十本のナイフが銀色の光を放って俺を襲う。

しかし――

「そ、そんな」

アイナさんが信じられないと言ったように声を上げる。

俺に向かって放たれたはずのナイフ。その全てが、アーロンをかすめて奴の後ろの壁《かべ》に突き刺さったからだ。

ニーナさんも思わず声を漏らした。

「一体どうして？　何が起こったの？」

アーロンは、ヨロヨロと後ろに下がりながら呻いた。

「う、嘘だ……俺のナイフを全て掴み取って投げ返すなんて。だったらさっきはなぜ……」

へぇ、見えてたのか。

俺はゆっくりとアーロンに向かって歩を進めて言った。

「遊びはこれぐらいにしておけ。はじめから外す気で投げたナイフなど、かわす必要がなかっただけだ」

ジェフリーギルド長が眉間《みけん》を押さえている。

「馬鹿が……そんなつまらない技が通じるか。アーロン、お前とは次元が違う。これで分かっただろう？」

ギルド長の言葉に、アーロンが歯ぎしりをした。

「お、俺はもうすぐＳＳＳランクになるんだ！　くそ！　次はこうはいかない！　こいつを喰らえ‼」

再びアーロンの手にナイフが握られている。

今度は先程とは違い、闘気が込められていた。

雷のように、バチバチと白く輝く十本のナイフ。

俺は静かにそれを見つめると言った。

「言っても分からないようだな。いいだろう、やってみろ」

「な‼」

俺はナイフを構えるアーロンに向かって歩いていく。

思わず後ずさるアーロン。

「く、来るな！　こ、今度は本気だぞ！　お前の体をこのナイフが貫く‼」

「だから言っている。試してみろと」

俺の体から闘気が立ちのぼる。

その瞬間、アーロンが怯えたように手にしたナイフを放った。

「うぉおおおお！　喰らえ！　雷牙十連撃《らいがじゅうれんげき》‼」

雷を纏ったナイフが放たれる。

どうやら、こいつがアーロンの必殺技のようだ。

ティアナが叫んだ。

「きゃあああ！　レオンさん‼」

ニーナさんたちも息を呑んでいる。

だが、そのナイフはまたしても、アーロンの体をかすめ、石造《いしづく》りの壁に深々と突き刺さった。

ナイフはアーロンの白い闘気ではなく、燃え上がるような真紅の闘気に包まれている。

アーロンはペタンとその場に崩れ落ちてしまった。

「う、嘘だ。こんな……こ、こんな馬鹿な‼」

ニーナさんはそれを見て呆然と呟いた。

「強い……こんなに差があるなんて」

正直なところ、こいつとジェフリーでは雲泥《うんでい》の差がある。

ギルドの仕組み上SSSランクまでしかないのだろうが、仮にこいつがジェフリーと同じSSSランクに昇格したとしても、その実力の差は圧倒的で、肩を並べることには到底ならないだろう。

身に纏う闘気からして、それは明らかだ。

俺は床に座り込むアーロンを眺めながら言った。

「どうした、まだ続けるか？　それなら受けて立つぜ」

「くっ！　お、覚えてやがれ！　畜生《ちくしょう》‼」

アーロンはそう言ってギルドを飛び出していった。

まったく、やれやれだな。

ジェフリーはふぅと溜め息をつきながら俺に詫びた。

「レオン、すまない」

「別にいいですよジェフリーさん。向こうも急所は外してましたからね。本気で命を狙ったのであれば俺にも考えがありましたけど」

「はぁ、後でしっかり言い聞かせておこう」

そう溜め息をつくジェフリーの横から、ティアナとニーナさんたちが俺に駆け寄ってくる。

ロザミアはといえば、肩をすくめていた。

俺の相手じゃないことは、はじめから分かっていただろうからな。

「レオンさん！」

「れ、レオンさん、大丈夫でした？」

「レオン君たら、可愛い顔に怪我なんかして」

「大丈夫さ、ティアナ。それにニーナさんもアイナさんもありがとう。心配かけたな」

ティアナたちはほっと安堵の息を漏らした。

アイナさんはなぜか俺の手をギュッと握る。

「ありがとうだなんて！」

「ちょっとアイナ先輩！　またどさくさに紛れて手なんか握って」

ニーナさんはそう言いながら、ふと首を傾げてジェフリーを振り返る。

「でもギルド長って本当に凄いんですね。こんなに強いレオンさんが、サポート役しか出来ないほどの魔物を倒しちゃうんだから」

「え⁉　あ、ああ。そ、そうだな、気合ってやつだな！」

俺もその言葉ににっこりと頷く。

「ああ。ニーナさんにもギルド長の勇姿《ゆうし》を見せてやりたかったな」

それを聞いてジェフリーは咳ばらいをすると、こちらを睨む。

「こほん……見せたかったって。まったく、君も少し人が悪いぞ。さあ！　それよりも、早速騎士団の本部に行くことにしよう。面倒な仕事はさっさと済ませてしまいたいからな」

俺もジェフリーの言葉に同意する。

「ですね。でも騎士団の本部ってどこにあるんですか？」

「ああ、屯所《とんしょ》は都の色々な場所にあるが、本部は王宮の敷地内にある」

「へえ！　王宮の中ですか？　それは楽しみだな」

アルファリシアの王宮にはまだ入ったことがない。

何しろこれだけの大国の宮殿だからな、どんなものが見られるか楽しみだな。

ティアナもロザミアも興味津々のようだ。

そんな彼女たちを見ながら、俺は思う。

父さんが亡くなって、四英雄の仲間を捜すために冒険者になり、新しい仲間が出来、居場所も出来た。

そして手がかりと呼べるほどではないものの、四英雄がこの時代にいるという情報も手に入れた。

まだあれからたった三日だというのに。

これから向かう王宮で、また騒動が起きそうな予感もあるが……まぁ何とかなるだろう。

やっぱりこの生き方を選んでよかったと、改めて思う。

俺たちは準備を整えて、ジェフリーと共に王宮へ向かうためにギルドを後にする。

こちらに向かって手を振るニーナさんとアイナさんに背を向け、俺は仲間たちに言う。

「さて、行くとするか！」

その言葉にティアナもロザミアも笑みを浮かべた。

「ええ、レオンさん」

「楽しみだな！」

俺は大きく頷くと、宮殿に向かって歩き始めた。

あとがき

この度は文庫版『追放王子の英雄紋！　1　～追い出された元第六王子は、実は史上最強の英雄でした～』をお買い上げ頂きまして、ありがとうございます。作者の雪華慧太と申します。

この作品はかつて最強と呼ばれ、二千年後の世界に転生した英雄の物語です。思えば本作を書き始めたのはもう四年以上前になりますが、伝説の英雄と呼ばれる人物が新たなる人生で痛快《つうかい》な活躍を見せる姿は、執筆していてとても楽しかったことを覚えています。

死神と呼ばれる残忍な用心棒を打ちのめし、その主である非道《ひどう》な奴隷商人に「ティアナたちに手を出したら、俺がお前の死神になる」と言い放つレオン。こういうセリフが様になるヒーローは、やっぱり描いていて気持ちがいいですね。

一方で、貧しいながらも肩を寄せ合い、助け合いながら生きているティアナや子供たちの姿は、レオンにとっては救いだったのかもしれません。

そんな思いが「そうだな、血が繋がっていたって、兄弟なんて呼べないような連中もいるからな」という彼の言葉に滲み出ていますから。だからこそ、ティアナたちとの生活はレオンにとって掛けがえのないものになっていくんですよね。

そして、ロザミアやミネルバと出会う中で、思いがけず次第にかつてのレオン、獅子王ジークにも繋がっていく物語となっています。

彼らの冒険の行く末を見守っていただけますと幸いです。


少年漫画のようなストーリーの本作ですが、嬉しいことにトモリマル様がご担当くださるコミカライズの連載も始まっています。

よろしければ、是非《ぜひ》、そちらもご覧くださいね。


最後になりましたが、この作品のために素晴らしい表紙や挿絵を描いて下さった紺藤ココン様、様々なお力添《ぞ》えをしてくださった関係者の皆様に感謝いたします。

そして、読者の皆様に改めて心よりお礼を申し上げます。

それでは次巻でも、また皆様にお会いできることを願って。

二〇二三年六月　雪華慧太

「銀座編」大好評発売中!
累計660万部(電子含む)突破!
ゲートSEASON1～2
大好評発売中!
コミックス
最新23巻
6月下旬刊行予定!!
SEASON1　陸自編
単行本
●本編1～5／外伝1～4／外伝+
●各定価:本体1,870円(10%税込)
文庫
●本編1～5〈各上・下〉／
外伝1～4〈各上・下〉／外伝+〈上・下〉
●各定価:本体660円(10%税込)
漫画
漫画:竿尾悟
●1～22(以下、続刊)
●各定価:本体770円(10%税込)
SEASON2　海自編
単行本
●本編1～5
●各定価:本体1,870円(10%税込)
文庫
最新5巻
〈上・下〉
大好評発売中!
●本編1～5〈各上・下〉
●各定価:本体660円(10%税込)

大ヒット 異世界×自衛隊 ファンタジー
ゲート0《ゼロ》
GATE:ZERO
自衛隊 銀座にて、斯く戦えり
〈前編〉〈後編〉
Yanai Takumi
柳内たくみ
ゲート始まりの物語
「銀座事件」が小説化!
20XX年、8月某日――東京銀座に突如『門（ゲート）』が現れた。中からなだれ込んできたのは、醜悪な怪異と謎の軍勢。彼らは奇声と雄叫びを上げながら、人々を殺戮しはじめる。この事態に、政府も警察もマスコミも、誰もがなすすべもなく混乱するばかりだった。ただ、一人を除いて――これは、たまたま現場に居合わせたオタク自衛官が、たまたま人々を救い出し、たまたま英雄になっちゃうまでを描いた、7日間の壮絶な物語――
ゲート0 自衛隊 銀座にて、斯く戦えり 〈前編〉 GATE:ZERO
ゲート0 自衛隊 銀座にて、斯く戦えり 〈後編〉 GATE:ZERO 柳内たくみ
650万部!!
自衛隊、ついに状況開始!!
●各定価：1,870円（10%税込） ●Illustration：Daisuke Izuka

ネットで人気爆発作品が続々文庫化！

アルファライト文庫 大好評発売中!!

余りもの「最弱スキル」のおまけに
最強レアスキルがついてきた!?

ギフト争奪戦に乗り遅れたら、
ラストワン賞で最強スキルを
手に入れた 1～3

1～3巻 好評発売中!

みももも *Mimomomo*　illustration 寝巻ネルゾ（1巻）たん旦（2～3巻）

勇者大量召喚でスキル争奪戦勃発——。
ラストワン賞は超レアな「聖剣／魔剣召喚」!?

高校生の明野《あけの》樹《いつき》は、ある日突然、たくさんの人々とともに見知らぬ空間にいた。イツキたちはこれから勇者として異世界に召喚されるらしい。この空間では、そのためにギフトと呼ばれるスキルが配られるという。当然勃発するギフト争奪戦。元来積極的な性格ではないイツキは、その戦いから距離を置いていたのだが……。異世界集団勇者ファンタジー、待望の文庫化!

文庫判　各定価：671円（10%税込）

アルファライト文庫

この作品に対する皆様のご意見・ご感想をお待ちしております。

おハガキ・お手紙は以下の宛先にお送りください。

【宛先】

〒150-6008 東京都渋谷区恵比寿4-20-3 恵比寿ガーデンプレイスタワー 8F
（株）アルファポリス　書籍感想係

メールフォームでのご意見・ご感想は右のＱＲコードから、
あるいは以下のワードで検索をかけてください。

アルファポリス　書籍の感想　検索

ご感想はこちらから

本書は、2020年9月当社より単行本として
刊行されたものを文庫化したものです。

追放王子《ついほうおうじ》の英雄紋《えいゆうもん》！ 1
～追《お》い出《だ》された元第六王子《もとだいろくおうじ》は、実《じつ》は史上最強《しじょうさいきょう》の英雄《えいゆう》でした～

雪華慧太（ゆきはなけいた）

2023年 6月 30日初版発行

文庫編集－中野大樹／宮田可南子
編集長－太田鉄平
発行者－梶本雄介
発行所－株式会社アルファポリス
〒150-6008東京都渋谷区恵比寿4-20-3恵比寿ガーデンプレイスタワー8F
TEL 03-6277-1601（営業） 03-6277-1602（編集）
URL https://www.alphapolis.co.jp/
発売元－株式会社星雲社（共同出版社・流通責任出版社）
〒112-0005東京都文京区水道1-3-30
TEL 03-3868-3275
装丁・本文イラスト－紺藤ココン
文庫デザイン—AFTERGLOW
（レーベルフォーマットデザイン－ansyyqdesign）
印刷－中央精版印刷株式会社

価格はカバーに表示されてあります。

落丁乱丁の場合はアルファポリスまでご連絡ください。

送料は小社負担でお取り替えします。


ISBN978-4-434-32162-7 C0193